RECETAS
DE LUGARES
IMAGINARIOS

RECETAS
DE LUGARES
IMAGINARIOS

de Alberto Manguel

Alianza editorial
El libro de bolsillo

Título original: *The Imaginary Places Cookbook*

Primera edición: marzo de 2026

Diseño de colección: Estrada Design
Diseño de cubierta: Manuel Estrada
Fotografía de Javier Ayuso

© Alberto Manguel, 2026
  c/o Schavelzon Graham
  Agencia Literaria
  www.schavelzongraham.com
© de la traducción: Cristina Macía, 2026
© Alianza Editorial, S. A., Madrid, 2026
  Calle Valentín Beato, 21
  28037 Madrid
  www.alianzaeditorial.es

PAPEL DE FIBRA
CERTIFICADA

ISBN: 979-13-7009-178-1
Depósito legal: M-130-2026
Printed in Spain

Índice

PLATOS PRINCIPALES Y SALSAS

Índice

POSTRES

Índice

BEBIDAS

Prólogo

Cuando me fui de mi casa, a los veinte años, para comenzar lo que sería una vida más bien nómada, mi abuela me dio un tarro con un paquetito de sal y un pedazo de pan. Me contó que hay una leyenda judía sobre un viajero al que un ángel le hacía un regalo como aquel para que nunca le faltara comida, y por eso ella quería que el tarro me acompañara adonde fuera que me llevara la suerte. Tras innumerables mudanzas en más países de los que quiero recordar, el tarro se encuentra ahora en un estante alto, en la que espero que sea mi última cocina, desde donde me recuerda que la literatura no solo alimenta el alma.

Siempre me llamaron la atención las historias sobre la comida, o mejor dicho, las historias en las que los personajes se detienen a comer, pasan tiempo alrededor del fuego o se reúnen en torno a una mesa. Quería saber qué se servía en casa de Alonso Quijano los sábados: ¿qué serían esos «duelos y quebrantos»? ¿Sería un menjunje de huevos, patatas y jamón como el «revuelto gramajo» de Buenos Aires, plato que le gustaba a mi padre? ¿Y qué sería esa sustancia misteriosa llamada «gelatina» que aparecía tan seguido en los libros de Enid Blyton y de la que no sabíamos nada en Buenos Aires? Cuando el capitán Nemo sirve un desayuno suntuoso a Monsieur Aronnax y a sus compañeros durante las veinte mil leguas de viaje submarino, yo también hubiera querido probar «eso que usted cree carne, pero no es otra cosa que filete de tortuga de mar» o los «hígados de delfín que usted confundiría con estofado de cerdo», seguidos por la «conserva de cohombro de mar [...], crema cuya leche salió de las mamas de los cetáceos y el azúcar de los grandes fucos del mar del Norte», para terminar con «confituras de anémonas, que valen tanto como las de las frutas más sabrosas».

Un verano de mi adolescencia, perdido en la Tierra Media de Tolkien, llegué a los valles del Anduin, donde, como todo el mundo sabe, viven los beórnidas. Este pueblo poco sociable es vegetariano, y su principal comida son las galletas de miel. Supe entonces que tenía que probarlas. En la casa que habíamos alquilado para pasar el verano había un antiguo libro de cocina en alemán, lleno de salpicaduras de mantequilla y huellas de dedos sucios de chocolate, y entre aquellas páginas venerables encontré la receta que he atesorado desde entonces y que reproduzco en este libro. Más adelante, cuando descubrí en la *Eneida* que los que bajaban al inframundo debían apaciguar con galletas o tortas de miel al perro guardián Cerbero, el de las tres cabezas, supe enseguida cómo era el sabor especiado que silenciaba los ladridos del monstruo.

Nos identificamos con aquellos libros que amamos; de algún modo, nos volvemos el personaje cuyos pasos seguimos por las páginas. Puede resultar difícil emprender los mismos viajes que Lemuel Gulliver, o compartir el amor malhadado de Julieta, o asistir al té del Sombrerero Loco. Pero nada nos impide probar el budín de Navidad de la señora Cratchit –«como una bala de cañón moteada, denso y firme, flambeado con la mitad de medio cuartillo de brandy»– o saborear los sándwiches de pepino que Algernon devora en *La importancia de llamarse Ernesto*, de Oscar Wilde. Un escritor de Bombay, amigo mío, me dio la receta del curry de verduras de su madre, y así pude compartir la primera comida que Kim le lleva a su lama en la inolvidable novela de Kipling; otro, en Madrid, me enseñó a preparar duelos y quebrantos, esa mezcla de huevo, pimiento y tocino que, según se nos dice en el primer párrafo, come Don Quijote todos los sábados.

Un día, para dar un gusto a una amiga fanática de Virginia Woolf, decidí prepararle el suntuoso *boeuf en daube* que la señora Ramsay sirve en *Al faro*, con la esperanza de que «un exquisito aroma a olivas, aceite y salsa» saliera «de la gran olla marrón». La señora Ramsay explica: «Es una receta francesa de mi abuela». «Por supuesto que era francesa. Lo que se acepta como cocina en Inglaterra es una abominación [...]. Consiste en meter coles en agua. En asar la carne hasta que parece cuero. En prescindir de la deliciosa piel de las hortalizas». Asegurándome de que mis verduras –unos quinientos gramos de zanahorias pequeñas y una cantidad parecida de papas nuevas– conservaran la piel, las lavé bien, las herví y las dejé a un lado. Aparte, corté en cubos dos kilos de carne de vacuno y mariné la carne una noche entera en vino blanco (un vaso), coñac (medio vaso), romero, tomillo y perejil (una cucharadita de cada), ajo bien picado, un par de hojas de laurel, sal, pimienta, dos cebollas en aros y una zanahoria en rodajas (lavada, no pelada). Después, doré unos trozos de panceta en aceite de oliva junto con unas cebollas picadas, antes de incorporar la carne bien escurrida, pero reservando la marinada, para dorarla por todos lados. Una vez tomó buen color, espolvoreé sobre la carne un par de cucharadas de harina, y luego sumé la marinada y una taza de buen caldo de carne con unos cuantos tomates frescos troceados (aunque, pese a la opinión de la señora Ramsay, les quité antes la piel). Vertí todo en una cacerola con tapa que cerraba bien, la sellé con una pasta de harina y agua, y la metí al horno a temperatura media-alta durante cinco horas. Hay quien recomienda colar la salsa, pero yo no lo hice: simplemente agregué las verduras cocidas y un puñado de aceitunas verdes sin carozo, y dejé reposar unos minutos, con la esperanza de que mi amiga dijera, como el invitado de la señora Ramsay: «Es todo un éxito».

A veces, son los propios autores quienes incluyen las recetas en libros complementarios o en recetarios que acompañan su obra. Colette, Dürrenmatt, Günter Grass o Georges Simenon nos dejaron sus mejores recetas, además de las deliciosas descripciones de comidas que aparecen en sus novelas. Uno de mis novelistas-cocineros preferidos es Balzac, cuyo perímetro daba cuenta de su pasión por todo lo que nutre algo más que el espíritu. No toda su cocina es excesiva. Por ejemplo, en *Los campesinos,* menciona «las virtudes pasajeras pero poderosas» de las hortalizas «cuando se consumen como son, intactas». Su receta de un plato de invierno, *aumonières de légumes oubliés* –«bolsitas de limosna de hortalizas olvidadas»– es de una sencillez maravillosa.

Se cuece una selección de verduras de invierno (zanahorias, nabos, colinabos) peladas y troceadas. Una vez cocidas, se pasan por agua fría y se les añade sal, pimienta y perejil picado. Se untan con mantequilla la cara de varios discos de pasta filo de unos 15 cm de diámetro, y en el centro de cada uno se pone un puñadito de las hortalizas cocidas. Luego se recogen los bordes de la pasta filo y se cierran con un trocito de cordel. Se hornean las «bolsas» a temperatura media-alta durante 8-10 minutos. En ese tiempo, se hierve una taza de nata líquida con un pellizco de perejil picado, otro de perifollo y un ajo bien machacado. Se remueve hasta que espese y se añade el zumo de medio limón, sal y pimienta. Al final se quita el cordel de las «bolsas» y se vierte la crema sobre las hortalizas.

Este plato, acompañado con un vino de Chinon, constituye en mi opinión una comida «balzaciana» robusta, pero de aroma delicado.

Y así fui abriéndome camino hacia las comidas por medio de los libros. Mis hijos conocen bien esta debilidad mía y la han sabido aprovechar. Cuando empezamos a leer *El viento en los sauces,* me convencieron –sin demasiado esfuerzo– de hacer un pícnic como el que Ratita ofrece a su nuevo amigo, Topo. Así, un día soleado en Toronto, preparamos con esmero «una gran canasta de mimbre con el almuerzo», en la que metimos *«lenguaenfiambrejamónternerafríapepinillosensaladapanecillosberrospátécervezadejengibregaseosasifón...»,* exactamente como en el texto.

Cuando leímos las historias de Sherlock Holmes, les llamó la atención el «pastel de *foie gras*» que aparece en «La aventura del aristócrata solterón», y me hicieron prometer que iba a buscar una receta. No fue fácil, hasta que descubrí en el *Annotated Sherlock Holmes* de Baring-Gould que Watson en realidad hablaba de un pastel Strasbourg, un plato caro, pero exquisito, hecho con hígado de ganso y trufas blancas.

Pero el pedido más complicado vino de uno de los libros de Tarzán –no recuerdo cuál exactamente–, donde se describía una comida que incluía, entre otras cosas, un guiso de pata de elefante. Obviamente, no habríamos cocinado semejante monstruosidad ni aunque se pudiera, pero encontré la receta del plato en el libro de cocina más extraño de todos los que existen, el *Diccionario de cocina,* de Alexandre Dumas. Empieza diciendo: «Tómense una o varias patas de elefante joven...».

La comida refuerza el realismo de la ficción. Siempre aguardo con impaciencia el momento en que un personaje tiene que detenerse a comer. Para mí, la sola mención de la comida humaniza una historia. Me conmueve ese «pollo que no parecía sentirse cómodo» que Huck y Jim se comen mientras huyen en la balsa; también los frutos secos, las raíces y las bayas que el monstruo de Frankenstein pone sobre el fuego cuando quiere desayunar, solo para descubrir que «las bayas se echaban a perder, pero que las nueces y las raíces tenían un sabor mucho más agradable»; el «pan, arroz, tres quesos holandeses, cinco pedazos de carne seca de cabra [...] y un sobrante de grano europeo» que Robinson Crusoe rescata de los restos del naufragio; o la caldereta de «pequeñas almejas jugosas, apenas mayores que avellanas, mezcladas con galleta de barco machacada y cerdo salado cortado en pequeños copos, todo ello enriquecido con manteca y abundantemente sazonado con pimienta y sal» que el posadero sirve a Ismael y a Queequeg antes de que se embarquen en busca de la ballena blanca. El dolor de Ulises y sus compañeros me resulta creíble porque, mientras lloran a sus amigos asesinados por el Cíclope, se detienen a comer y a beber, y llenan el estómago con «carne en abundancia y delicioso vino».

En este libro dejé de lado los lugares ficticios «reales» para concentrarme en la comida de aquellos que solo existen en la imaginación. De todos los platos –desde un elaborado banquete de la Atlántida a la cena más sencilla que Robinson Crusoe toma en su isla– toda la comida es, como nos enseña la literatura, una prueba de nuestra humanidad compartida: el pan nos recuerda la tierra de la que venimos; la sal, la tierra a la que todos hemos de volver.

Alberto Manguel
Lisboa, 3 de junio de 2021

RECETAS
DE LUGARES
IMAGINARIOS

Nota: Desde la adolescencia sigo recetas, las cambio y las invento, y es muy posible –más aún, probable– que muchas de ellas estén inspiradas o tomadas de fuentes que ya no recuerdo. Hay infinitos lugares imaginarios que cualquier imaginación viva puede conjurar, pero solo dos o tres maneras de asar la carne desde los tiempos de Gilgamesh y Circe. Si en las páginas que siguen el lector puntilloso advierte cualquier parecido con recetas creadas por otros, le pido que lo considere, más que un plagio, un humilde homenaje a los maestros cocineros del pasado.

Entrantes y sopas

Isla de los lotófagos
(Homero, *La Odisea,* siglo ix a. C.)

La isla de los lotófagos se encuentra en el Mediterráneo y sus playas son de arena dorada. Los habitantes se alimentan de flores de loto y estas hacen que olviden todas las preocupaciones terrenales. El loto se puede preparar de muchas maneras. Esta ensalada es particularmente refrescante.

ENSALADA DE LOTO

Ensalada de loto

Ingredientes

- 1 lata de raíz de loto en conserva
- 2 chiles rojos tailandeses
- 2 chiles verdes frescos
- 2 dientes de ajo picados
- 2 cucharaditas de jengibre picado
- ¼ de cucharadita de azúcar moreno
- 2 cucharadas de salsa de soja ligera
- ½ cucharada de vinagre negro de arroz
- ½ cucharada de escalonia o cebolleta picada
- 2 cucharadas de aceite para cocinar
- un manojito de cilantro picado

Preparación

1. Corta en rodajas la raíz de loto si no viene ya preparada.
2. Riega estas rodajas con la salsa de soja, el azúcar y el vinagre.
3. Calienta el aceite en una cacerola pequeña.
4. Añade los chiles, el ajo y el jengibre, y deja hacer a fuego medio hasta que los ingredientes desprendan aroma.
5. Añade el cilantro y deja hacer 10 segundos más.
6. Vierte sobre las rodajas de loto.

BABEL
(Jorge Luis Borges, «La biblioteca de Babel», *El jardín de los senderos que se bifurcan,* 1941)

Babel es la biblioteca universal donde se encuentran todos los libros escritos y los que todavía no se escribieron, en todas las combinaciones imaginables de las letras del alfabeto. Nadie sabe dónde queda, pero es inmensa. No puede recorrerse entera; la biblioteca de Babel no es infinita, aunque sí inagotable. La habitan bibliotecarios que exploran sus estantes, en apariencia infinitos, buscando el verdadero catálogo de la Biblioteca. No tienen cocina propia, pero se las arreglan con gachas de avena y caldo.

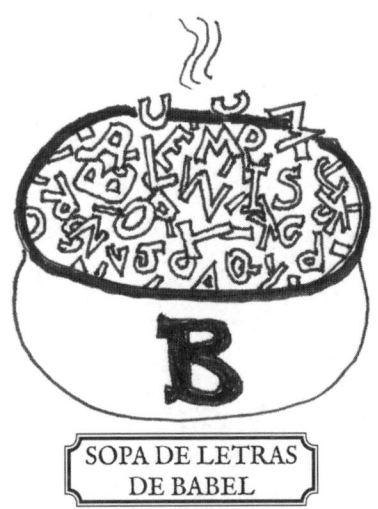

SOPA DE LETRAS
DE BABEL

Sopa de letras de Babel

Ingredientes

- 100 g de pasta en forma de letras
- 1,5 l de caldo sabroso, de ave o verduras
- Un pellizco de perejil picado

Preparación

1. Calienta el caldo.
2. Una vez hierva, añade la pasta.
3. Cuece diez minutos o lo que indique el paquete y ya estará lista para servir.
4. Espolvorea con el perejil picado.

Ciudad de las Damas
(Christine de Pizan, *La ciudad de las damas*, 1405)

Poco se sabe de esta ciudad, salvo que la habitan mujeres virtuosas y notables del pasado. El viajero que quiera entrar en ella debe conseguir una llave forjada con «prudencia, economía y crianza». La cocina de la Ciudad de las Damas es sencilla y delicada.

SOPA FRÍA
Y VIRTUOSA

Sopa fría y virtuosa

Ingredientes

- 60 g de mantequilla
- 8 puerros, solo la parte blanca, limpia y en rodajas
- 2 papas medianas, nuevas o buenas para cocer, cortadas en dados
- ½ l de caldo de ave
- ½ l de nata líquida
- 4 cebollinos muy picados
- Un pellizco de nuez moscada
- Sal y pimienta

Preparación

1. En una cacerola grande de fondo grueso, derrite la mantequilla a fuego medio-bajo. Una vez derretida, añade los puerros y deja pochar 5 minutos, sin que tomen color.
2. Añade las papas y cuece un minuto o dos, removiendo un par de veces.
3. Agrega el caldo de ave y calienta hasta que hierva.
4. Baja la temperatura hasta que apenas burbujee, por 35 minutos o hasta que las papas y los puerros estén muy tiernos. Deja enfriar unos minutos.
5. Tritura la sopa con la batidora a máxima potencia.
6. Devuelve la sopa a la cazuela e incorpora la crema y la nuez moscada. Condimenta con sal y pimienta, vuelve a hervir, baja el fuego y deja hacer 5 minutos.
7. Vierte en una fuente y refrigera sobre otro recipiente con hielo, removiendo. Cuando la sopa esté a temperatura ambiente, cubre con *film* y termina de enfriar en la nevera.
8. Rectifica de sazón, espolvorea con el cebollino y sirve en cuencos individuales muy fríos.

Xanadú
(Samuel Taylor Coleridge, *Kubla Khan*, 1816)

Xanadú es un reino de Asia donde Kubla Khan ordenó que se alzara una «majestuosa mansión de placer». En los bosques antiguos que rodean la mansión, las mujeres se encuentran con sus amantes demoníacos y se bañan en las aguas cristalinas del Alfeus, el río sagrado. A veces, los amantes demoníacos les preparan un almuerzo ligero a sus amadas, y suelen incluir esta deliciosa sopa.

SOPA DEL AMANTE
DEMONÍACO

Sopa del amante demoníaco

Ingredientes

- 1,5 l de caldo de ave
- 500 g de contramuslos de pollo deshuesados y sin piel
- 2 puerros en rodajas finas
- 2 zanahorias en rodajas finas
- 2 tallos de apio en rodajas finas
- 4 dientes de ajo muy picados
- ½ cucharadita de chile rojo seco

- Un poquito de cebolla muy picada
- Sal y pimienta negra
- 2-3 cucharadas de zumo de limón
- 150 g de espárragos en trocitos
- 150 g de guisantes, frescos o congelados
- Un puñado generoso de hierbas picadas, como eneldo, menta, estragón, perejil y cebollino

Preparación

1. En una cazuela grande con tapa, pon el caldo, el pollo, el puerro, la zanahoria, el apio, el ajo, el chile rojo y la cebolla y un buen pellizco de pimienta negra recién molida. Rectifica de sal según tenga o no el caldo. Tapa y deja hacer a fuego bajo hasta que las verduras y el pollo estén tiernos, 2-3 horas.
2. Con dos tenedores, deshebra el pollo. Agrega el zumo de limón, los espárragos y los guisantes, tapa y deja hacer hasta que estén tiernos, pero no demasiado (unos 10 minutos).
3. Incorpora las hierbas y condimenta al gusto con sal y pimienta.

Balnibarbi
(Jonathan Swift, *Los viajes de Gulliver*, 1726)

La isla de Balnibarbi es famosa por la Academia de Arbitristas, que tiene sedes en la mayoría de las ciudades. Allí, los científicos especializados realizan experimentos para mejorar la sociedad, proyectos admirables que todavía no dieron fruto. La producción sobrante de estos experimentos se utiliza para preparar comidas nutritivas, como esta deliciosa ensalada.

ENSALADA DE SOL

Ensalada de sol

Ingredientes

- 1 pepino grande, pelado si tiene la piel encerada, sin semillas
- Sal
- 250 g de yogur griego
- 1/8 de cucharadita de piri-piri
- 2 cucharadas de cilantro picado
- ½ cucharadita de garam masala
- 1 chile rojo pequeño picado

Preparación

1. Corta el pepino en dados muy pequeños. Espolvorea con una buena cantidad de sal, remueve y deja reposar en un colador, sobre el fregadero, 15 minutos. Aclara unos segundos y seca el pepino con un trapo de cocina antes de ponerlo en una ensaladera.
2. Bate el yogur con el piri-piri y el garam masala. Vierte sobre el pepino y remueve. Añade el cilantro y el chile, y remueve de nuevo. Rectifica de sal y chile.
3. Sirve con palitos de pan o de zanahoria cruda.

Isla Lincoln
(Julio Verne, *La isla misteriosa,* 1874)

La isla Lincoln la descubrieron unos soldados confederados que huían de la Guerra Civil estadounidense, y resultó ser el último refugio del capitán Nemo, famoso por su submarino, el Nautilus. En sus arenas oscuras se pueden encontrar numerosos crustáceos y moluscos, y en las laderas del volcán de dos picos crecen especias y hierbas que se pueden sustituir sin problema por otras más corrientes para preparar este manjar del capitán Nemo. Pese a varias erupciones de los volcanes, la isla Lincoln todavía existe.

LANGOSTINOS
NAUTILUS

LANGOSTINOS NAUTILUS

Ingredientes

- 3 cucharadas de aceite de oliva
- 1 cebolla morada picada
- Sal y pimienta negra
- 8 dientes de ajo picados
- 1 cucharadita de orégano seco
- ½-1 cucharaditas de chile rojo seco
- ½ cucharadita de semillas de hinojo
- 2 cucharaditas de guindilla fresca picada
- 150 g de pimiento rojo asado y picado
- 1 lata grande de tomates enteros al natural
- 750 g de langostinos sin piel y limpios
- 2 escalonias en aros finos
- 1 cucharada de alcaparras, escurridas
- 50 g de parmesano rallado

Preparación

1. En una sartén grande, calienta el aceite a fuego medio alto. Añade la cebolla, condimenta con un pellizco generoso de sal, y rehoga hasta que la cebolla esté tierna y translúcida, y empiece a tomar color, unos 7-8 minutos.
2. Añade el ajo y saltea hasta que esté blando y aromático, unos 2 minutos. Incorpora el orégano, el chile y las semillas de hinojo, y luego las guindillas, el pimiento rojo asado y los tomates. Condimenta con sal y pimienta, calienta hasta que empiece a hervir y baja el fuego para dejar hacer 5 minutos, de manera que la salsa se espese y los sabores se desarrollen.

3. Añade los langostinos, las escalonias y las alcaparras, y cocina hasta que los langostinos estén rosados y opacos, 3-7 minutos (dependerá del tamaño y la calidad). Apaga el fuego y prueba la salsa, y rectifica de sazón si hace falta. Espolvorea con el queso antes de servir.

Lagado
(Jonathan Swift, *Los viajes de Gulliver*, 1726)

Lagado es la capital de Banibarbi, cuyo rey tiránico gobierna desde la isla flotante de Laputa. Los habitantes son muy pobres, pero el rey creó la Academia de los Arbitristas, que realiza extraños experimentos para promover la economía de la nación. Por desgracia, ninguno surtió los efectos deseados. Uno de los experimentos abocados al fracaso pretendía extraer rayos de sol de los pepinos. Pese a todo, el excedente de pepinos se presta a una ensalada deliciosa.

ENSALADA DE PEPINO
LAGADIANO

ENSALADA DE PEPINO LAGADIANO

Ingredientes

* 6 pepinos sin semillas, cortados en rodajas al bies
* 1 cucharadita de sal
* 2 cucharaditas de vinagre de vino blanco
* 1 diente de ajo pequeño rallado
* 1 cucharada de aceite de sésamo
* 1 cucharada de gochugaru (chile coreano en polvo)
* 2 cucharaditas de salsa de pescado
* 1 cucharadita de azúcar
* Cebollino troceado, escalonias en aros finos y cilantro picado, para adornar

Preparación

1. Sobre una tabla de cortar, pon una rodaja de pepino, coloca el cuchillo de plano encima y da un golpe con la base de la mano para machacarlas. Ponlas todas en un cuenco mediano, incorpora la sal y vuelca en un colador, y deja escurrir sobre el fregadero 30 minutos. Mientras, en el mismo cuenco, mezcla el vinagre y el ajo, y reserva.
2. Transcurridos los 30 minutos, añade el aceite de sésamo, el gochugaru, la salsa de pescado y el ajo, y mezcla bien. Seca las rodajas de pepino con papel de cocina o con un paño limpio, incorpora al aliño y remueve bien.
3. Adorna con las hierbas opcionales antes de servir. Está mejor recién hecha, pero se puede conservar en la nevera hasta 24 horas.

Barataria
(Miguel de Cervantes Saavedra, *El ingenioso hidalgo Don Quijote de la Mancha,* 1605-1615)

Barataria es la «isla barata» que Don Quijote le promete a su fiel escudero. Los duques nombran a Sancho gobernador de Barataria, y Don Quijote lo instruye en el arte del buen gobierno. Si Sancho se hubiera llegado a sentar en el trono de Barataria, seguro hubiera ordenado que en las celebraciones se sirvieran estas croquetas típicas de su tierra.

CROQUETAS
DE BARATARIA

Croquetas de Barataria estilo Sancho

Ingredientes

Para las croquetas:
- 25 g de mantequilla
- 1 cebolla pequeña muy picada
- 100 g de harina
- 250 ml de leche
- 50 g de queso manchego, rallado grueso
- 50 g de gruyer, rallado fino
- 1 cucharadita de mostaza de Dijon
- 1 cucharada de nata
- 2 huevos
- 150 g de pan rallado

- Aceite abundante, para freír

Para la salsa:
- 300 g de tomates maduros, troceados
- 1 guindilla roja fresca muy picada
- 1 cebolla morada picada
- 4 dientes de ajo machacados
- 100 g de azúcar moreno
- 100 ml de vinagre de jerez

Preparación

1. Derrite la mantequilla en un cazo y rehoga la cebolla hasta que empiece a tomar color.
2. Incorpora la harina, deja hacer unos momentos sin parar de remover y luego, poco a poco, agrega la leche, siempre removiendo. Deja hacer a fuego bajo 5 minutos.
3. Agrega los quesos, la mostaza y la nata, y sazona al gusto. Deja hacer un minuto o hasta que los quesos se fundan, sin dejar de remover.
4. Vierte en un cuenco y cubre la superficie con plástico de cocina para que no se forme costra. Deja enfriar y refrigera al menos cuatro horas.

5. Toma cucharadas colmadas de la mezcla y, con las manos húmedas, forma 24 «huevos», y deposítalos en una bandeja.

6. Bate los huevos en un plato hondo, vierte la harina en otro y coloca en un tercero la mitad del pan rallado.

7. Pasa las croquetas por harina, luego huevo y luego pan rallado.

8. Disponlas en una bandeja forrada con papel de horno. A mitad del proceso, añade al plato el resto del pan rallado.

9. Refrigera 30 minutos.

10. Prepara la salsa.

11. Añade todos los ingredientes de la salsa en una cazuela grande y calienta hasta que comiencen a hervir. Baja el fuego, tapa y deja hacer una hora, removiendo de cuando en cuando, hasta que la salsa esté espesa y brillante. Deja enfriar antes de servir.

12. Pon aceite en una sartén o un cazo grande y calienta a 180 °C.

13. Con una espumadera, deposita seis croquetas en el aceite y deja hacer 2 minutos o hasta que estén doradas.

14. Transfiere a una bandeja de horno con papel de cocina para que absorba el aceite sobrante y fríe el resto de la misma manera.

15. Sirve con la salsa para mojar.

LA ISLA DE ÍPIORNIS
(H. G. Wells, «El bacilo robado y otros relatos», 1894)

El famoso pájaro ípiornis, procedente de una isla al norte de Madagascar, pone huevos de un metro de largo. Ningún europeo llegó a ver jamás a una de estas aves, pero los nativos cuentan que, aunque su carne es dura, los huevos resultan deliciosos y livianos. No es fácil conseguir huevos de ípiornis, de modo que se pueden sustituir por huevos de gallina de buena calidad.

HUEVOS REVUELTOS
DE ÍPIORNIS

Huevos revueltos de ípiornis

Ingredientes

- 1 huevo de ípiornis o 4 de gallina
- 100 g de mantequilla
- 2 cucharadas de maicena
- Sal y pimienta al gusto

Preparación

1. Calienta una sartén pequeña hasta que, al dejar caer una gota de agua, chisporrotee y se evapore.
2. Disuelve la maicena en una cucharada y media de agua.
3. Añade los huevos y dos terceras partes de la mantequilla al agua de la maicena.
4. Derrite el resto de la mantequilla en la sartén.
5. Deja hacer despacio, sin parar de remover, 2 o 3 minutos.
6. Sirve con tostadas.

Última Tule
(Diodoro Sículo, *Biblioteca histórica,* siglo I a. C.)

Última Tule es una gran isla en el Atlántico Norte. Sus habitantes, los escritifinos, son una tribu salvaje de gente que no se viste, no bebe vino y no ara la tierra. Cazan animales grandes en los bosques de Tule y comen el tuétano de los huesos, con el que también alimentan a los bebés.

**TUÉTANO CON TOSTADAS
DE LOS ESCRITIFINOS**

Tuétano con tostadas de los escritifinos

Ingredientes

- 3 huesos de tuétano de ternera, que el carnicero cortará en dos a lo largo
- Un puñado de cebollino picado
- Un puñadito de perejil picado
- 1 cucharadita de alcaparras bien enjuagadas
- 2 cucharadas de zumo de limón
- Varias rebanadas de buen pan integral, sin la corteza
- Sal y pimienta

Preparación

1. Precalienta el horno a 230 °C. Mientras, forra la base de una bandeja con papel para horno.
2. Dispón las 6 mitades de hueso con el corte hacia arriba y hornea 20 minutos.
3. Corta las rebanadas de pan en tiras y tuéstalas.
4. Mezcla las hierbas con las alcaparras y el zumo de limón en un cuenco pequeño.
5. Cuando el tuétano esté hecho, reparte la mezcla de hierbas por encima de los seis huesos.
6. Sirve con las tiras de pan y cucharillas.

Ciudad de los Inmortales
(Jorge Luis Borges, «El inmortal», *El Aleph,* 1949)

La Ciudad de los Inmortales es una ciudad en ruinas de Etiopía, que parece construida por perros locos: es normal ver pasillos sin salida, ventanas inalcanzables, escaleras invertidas. Sus habitantes, los trogloditas, son una raza inmortal que se alimenta de agua salada y cáscaras secas.

**BOCADITOS
DE INMORTALIDAD**

BOCADITOS DE INMORTALIDAD

Ingredientes

- 1 kg de harina bizcochona (leudante)
- 150 g de harina integral
- 100 g de cereales tipo All-Bran en copos
- 100 g de muesli
- 200 g de azúcar
- Un pellizco de sal
- 1 cucharadita de levadura química
- 400 g de mantequilla derretida
- 200 ml de aceite de girasol
- 500 ml de *buttermilk**
- 3 huevos, batidos

Preparación

1. Precalienta el horno a 180 °C y engrasa dos bandejas.
2. En un cuenco muy grande, mezcla todos los ingredientes secos.
3. Aparte, bate los huevos y añade el aceite de girasol y la *buttermilk* (o sustituto).
4. Haz un hueco a modo de volcán en medio de los ingredientes secos y vierte los líquidos, incluida la mantequilla. Mezcla bien con una cuchara de madera.
5. Extiende la mezcla entre las dos bandejas (que tengan borde alto) y hornea 30 minutos para que se dore.
6. Deja enfriar y saca de las bandejas a una tabla de cortar. Trocea en forma de cuadrados o tiras.

---

* La *buttermilk* se puede sustituir por 450 ml de leche entera mezclados con 50 ml de zumo de limón. Hay que batir y dejar reposar cinco minutos. En esta receta también se puede sustituir por yogur griego.

7. Pon los bocaditos otra vez en las bandejas.

8. Introduce en el horno a 60 °C y deja hacer de 6 a 9 horas.

9. Apaga el horno y deja enfriar toda la noche. Si no eres un troglodita, puedes comer estos bocaditos con queso crema o paté de *foie gras*.

Platos principales y salsas

Acaire
(James Branch Cabell, *Figures of Earth*, 1921, y *The High Place*, 1923)

Entre toda la extraña fauna y flora de Acaire –entre la que se encuentra el pájaro zhar-ptitza, el ser más antiguo y sabio del mundo–, los bleps negros son uno de los más apreciados debido a su carne de delicado sabor. Se dice que es el plato favorito de Manuel, antes porquero y hoy en día monarca de Poictesme.

ESTOFADO
DE BLEP

ESTOFADO DE BLEP

Ingredientes

- 3 cucharadas de aceite de oliva
- 1 cebolla bien picada
- 1 kg de carne de blep (en su defecto, se puede utilizar cordero), en dados
- 2 cucharadas de piri-piri
- Sal y pimienta
- 1 palito de canela
- 375 ml de caldo de ave
- 125 g de orejones de albaricoque
- 1 cucharada de miel
- 75 g de almendras sin la piel marrón
- 2 cucharadas de perejil y menta fresca, para servir
- Cuscús o arroz, para servir

Preparación

1. Calienta 2 cucharadas de aceite en una sartén grande y rehoga la cebolla hasta que esté tierna y translúcida.
2. Añade el cordero y dóralo por todos lados durante 2 o 3 minutos. Incorpora el piri-piri y sazona bien con sal y pimienta.
3. Riega con el caldo, añade la canela y baja el fuego. Tapa y deja hacer en el horno precalentado a 180 °C durante 2 o 3 horas o hasta que la carne esté muy tierna.
4. Añade los orejones y la miel, pon al fuego sin tapa y deja reducir 30 minutos para espesar la salsa. Rectifica de sazón.
5. Pon la cucharada restante de aceite en una sartén y dora las almendras. Echa sobre la carne junto con el perejil y la meta, y sirve con cuscús.

ATLÁNTIDA
(Platón, *Timeo* y *Critias*, siglo IV a. C.)

Los muchos peces y crustáceos que podemos encontrar en los mares profundos que rodean la Atlántida son los ingredientes de los platos más exquisitos del mundo. Los cangrejos son del tamaño de perros, y miden varios metros las venenosas anguilas rojas, las mantarrayas y los escorpiones; en esta agua encontramos también peces semejantes a pirañas junto con los extraños «praxa», un ser en parte orgánico y en parte gaseoso, como lo describió un visitante, el profesor Maracot, cuando investigó las ruinas de Atlántida en el siglo XIX. Como estas peligrosas especies no son propias de nuestras aguas, se pueden sustituir sin problema por otras más tradicionales.

CALDERETA
ATLANTE

Caldereta atlante

Ingredientes

- 500 g de pescado (róbalo, dorada, mero...) en dados

Para la marinada:
- 8 dientes de ajo
- 50 g de hojitas de cilantro
- Un trocito de jengibre
- 2 cucharadas de zumo de lima
- 1 cucharada de ralladura de limón

- 1 cucharadita de piri-piri
- ½ cucharadita de comino en polvo
- ½ cucharada de garam masala
- 1,5 cucharaditas de sal
- 50 ml de aceite
- 1 cucharada de harina de garbanzo
- 100 g de yogur griego

Preparación

1. Precalienta el horno a 200 °C.
2. Haz una pasta con la mitad del aceite, el ajo, el cilantro, el jengibre, el zumo de lima, la ralladura de limón, el piri-piri, el comino, el garam masala y la sal.
3. Calienta el resto del aceite en una sartén y saltea la harina de garbanzo cosa de un minuto, hasta que esté fragante y empiece a tomar color.
4. Añade la mezcla a la pasta de especias y mezcla bien con el yogur. Luego, mezcla con todos los ingredientes de la marinada.
5. Riega el pescado con la marinada y remueve con cuidado. Deja reposar una hora.
6. Dispón el pescado marinado en una fuente de horno.

7. Deja hacer 10 o 15 minutos en la parte alta del horno, dando la vuelta una vez a cada pieza. Baña con los jugos de la marinada un par de veces durante este tiempo. Sirve con arroz blanco, preferentemente atlante.

Eea
(Homero, *La Odisea*, siglo IX a. C.)

En la isla de Eea solo hay un habitante, Circe, la hechicera, que también es una cocinera excelente. Entre sus platos estrella destaca el asado de cerdo à la Circe, que aprovecha las numerosas manadas de cerdos que viven libres en los claros de la isla.

CERDO ASADO
À LA CIRCE

Cerdo asado à la Circe

Ingredientes

- 1 lomo de cerdo, a ser posible D. O. Eea, sin la grasa
- 4 cucharadas soperas de salsa de soja
- 4 cucharadas soperas de vino de madeira
- 2 cucharadas de mostaza de Dijon
- 1 cucharada de azúcar moreno
- Sal y pimienta al gusto
- Cilantro picado, para servir
- Una lata de judías blancas escurridas, para servir

Preparación

1. Mezcla todos los ingredientes y deja marinar el cerdo toda la noche.
2. Calienta el horno a 200 °C.
3. Asa el cerdo una hora, dándole la vuelta cada veinte minutos.
4. Una vez asado, deja reposar sin tapar diez minutos.
5. Sirve con el cilantro picado y las judías blancas.

ISLA DE ALCINA
(Ludovico Ariosto, *Orlando furioso,* 1516)

La vegetación de Alcina es exuberante y hay bosquecillos de laureles y naranjos que proporcionan ingredientes excepcionales para la cocina casera. No abunda la fauna, pero las liebres y los conejos se alimentan de las naranjas que caen de los árboles, y su carne es suculenta y muy valorada por los visitantes. Se dice que la propia Alcina preparó este pato para Rugiero, su amado, la primera noche que pasaron juntos.

RAGÚ DE LIEBRE
DE ALCINA

Ragú de liebre de Alcina

Ingredientes

- Una liebre o un conejo en cuartos
- Sal y pimienta al gusto
- 2 cucharadas de aceite de oliva
- 2 dientes de ajo picado
- 3 tallos de apio en trozos
- 1 naranja sanguina, pelada y en cuartos
- 2 hojas de laurel
- 125 ml de vino blanco seco
- 250 ml de caldo de ave
- 1 huevo
- 2 o 3 cucharadas de zumo de naranja
- 2 cucharadas de perejil picado

Preparación

1. Seca con papel de cocina los trozos de liebre y salpimienta. Calienta el aceite en una sartén amplia y dora la carne. Sácala a un plato y, en la misma sartén, rehoga la cebolla y el ajo. Deja hacer a fuego medio hasta que todo esté tierno.

2. Devuelve la carne a la sartén y añade el apio, la naranja en trozos, las hojas de laurel, el vino blanco y el caldo. Tapa y deja hacer a fuego lento una hora o hasta que la carne esté tierna. Transfiere la liebre y las verduras a una fuente de servir caliente, pero procura dejar en la sartén tanto líquido como sea posible. Mantén caliente la carne en el horno a temperatura baja mientras preparas la salsa.

3. Casca el huevo en un cacito y bate bien un par de minutos con las varillas. Añade el zumo de naranja y vuelve a batir. Luego, poco a poco, agrega la salsa caliente del conejo y cocina a fuego bajo hasta que se espese, pero con cuidado para que el huevo no se cuaje. Vierte la salsa sobre la liebre, echa el perejil por encima y sirve.

Bengodi
(Giovanni Bocaccio, *Decamerón,* 1353)

La comarca de Bengodi es famosa por su montaña de queso parmesano, en cuya cima los habitantes se pasan la vida cocinando las mejores pastas de toda Europa. Tienen huertos y les gusta mezclar la pasta con lo que sacan de la tierra. La comida que les sobra la hacen rodar por la ladera de la montaña de parmesano, para alegría de los que viven abajo, en el valle.

ZITI DE BENGODI

Ziti de Bengodi

Ingredientes

- 2 coliflores medianas
- Sal y pimienta al gusto
- Un pellizco de hebras de azafrán
- 2 cucharadas de aceite de oliva
- 2 dientes de ajo picados
- 3 filetes de anchoa, limpios y picados
- 1 lata grande de tomatitos al natural con su jugo
- Perejil picado
- 500 g de ziti u otra pasta corta
- 50 g de parmesano rallado

Preparación

1. Pon agua abundante en una cazuela con un buen pellizco de sal y calienta hasta que hierva.
2. Baja el fuego, añade la coliflor y cuécela hasta que los ramitos estén tiernos.
3. Transfiere a un cuenco de agua con hielo y escurre.
4. Conserva el agua en la cazuela, pero apaga el fuego. Coceremos la pasta en el agua de la coliflor.
5. Separa los ramitos del tronco y córtalos en trozos.
6. Pon el azafrán en un cuenquito, añade 3 cucharadas de agua caliente y deja infusionar de 10 a 15 minutos.
7. Calienta la mitad del aceite a fuego medio en una sartén de fondo grueso y añade el ajo. Deja hacer 30 segundos sin parar de remover, y añade las anchoas y los tomates. Condimenta al gusto con sal y pimienta.

8. Baja el fuego y deja hacer unos 10 minutos sin parar de remover hasta que los tomates estén hechos y aromáticos.

9. Incorpora la coliflor, el azafrán con el agua y el perejil, tapa y cuece a fuego bajo 5 minutos más. Aparta del fuego, prueba y rectifica de sazón.

10. Calienta el agua de la coliflor hasta que hierva y añade la pasta. Deja hacer hasta que esté al dente, escurre y transfiere a un cuenco.

11. Calienta el horno a 190 ℃. Engrasa una fuente de horno grande. Pon la pasta con la mitad de la mezcla de coliflor y la mitad del queso. Aparte, mezcla el resto de la coliflor y el queso, y vierte sobre la pasta. Riega con el resto del aceite.

12. Hornea unos 20 o 25 minutos.

Bensalem
(Francis Bacon, *La nueva Atlántida,* 1627)

Los habitantes de Bensalem, una isla del Pacífico Sur, se convirtieron al cristianismo en el siglo I. Para celebrar este acontecimiento milagroso, en el valle de Mironal se celebra cada año un festival en el que se sirven platos de gran lujo, y en el que hombres y mujeres compiten en carreras, actuaciones musicales y partidas de ajedrez. Uno de los platos emblemáticos de Bensalem es el pastel de pescado de Mironal.

PASTEL DE PESCADO
DE MIRONAL

Pastel de pescado de Mironal

Ingredientes

- 75 g de mantequilla derretida
- 4 lonchas de beicon picadas
- 2 puerros cortados en rodajas al bies
- 4 dientes de ajo muy picados
- 4 cucharadas soperas de harina
- 1 cucharada de mostaza de Dijon
- 350 ml de leche
- 250 ml de caldo de ave o de verduras
- Sal y pimienta
- Un manojito de estragón fresco picado (reserva parte para adornar)
- Un manojito de perejil fresco picado (reserva parte para adornar)

- 3 cucharadas de eneldo fresco picado (reserva parte para adornar)
- 250 g de salmón del Pacífico (u otro) sin piel ni espinas, en trozos
- 250 g de pescado blanco del Pacífico, como pez limón, sin piel ni espinas, en trozos
- 200 g de langostinos muy grandes, pelados y limpios
- 2 cucharaditas de ralladura de limón y 1 cucharada de zumo
- 250 g de buen pan de hogaza, sin corteza, en dados
- 3 cucharadas de aceite de oliva

Preparación

1. Calienta el horno a 200 °C.
2. En una sartén grande, derrite algo menos de la mitad de la mantequilla a fuego medio-alto. Añade el beicon y deja hacer, removiendo de cuando en cuando, hasta que em-

piece a tomar color, unos 5 minutos. Añade los puerros y rehoga removiendo de cuando en cuando unos 4 minutos o hasta que se empiecen a ablandar. Agrega el ajo y remueve medio minuto. Incorpora la harina y la mostaza, y luego añade la leche, el caldo, un pellizco de sal y otro de pimienta, y remueve de modo que no queden grumos. Cuando esté a punto de hervir, deja hacer a fuego medio hasta que se espese, unos 5 minutos. Aparta del fuego, agrega el estragón, el perejil y el eneldo, y deja enfriar 15 minutos.

3. Añade el salmón, el pescado blanco y los langostinos con la mezcla de harina. Condimenta con un pellizco de sal y pimienta abundante, espolvorea la ralladura de limón y riega con el zumo. Vierte por encima la salsa y mezcla con cuidado.

4. En un cuenco grande, mezcla los dados de pan con el resto de la mantequilla derretida. Transfiere a la fuente y presiona un poco con los dedos para sumergir los dados hasta la mitad. Hornea hasta que la mezcla esté dorada y burbujeante, unos 25 minutos. Deja enfriar 15 minutos.

5. Mientras el pescado está en el horno, mezcla las hierbas reservadas con el aceite en un cuenco pequeño, para aliñar el pastel de pescado de Mironal justo antes de servir.

CACKLOGALLINIA
(Samuel Brunt, *A Voyage to Cacklogallinia*, 1727)

Los habitantes de Cacklogallinia son pollos altos, aunque la altura varía según su nivel social. Un cacklogallinio en momentos de adversidad se reduce a la altura de un enano, mientras que si recibe un ascenso a un puesto importante crecerá hasta dos metros. Los cacklogallinios son en su mayoría ricos y prósperos. Sus tierras son fértiles y cuidan bien las granjas, que son sobre todo de ovejas y cabras.

DELICIA DORADA
DE CACKLOGALLINIA

Delicia dorada de Cacklogallinia

Ingredientes

- 500 g de arroz de grano largo
- 2 cucharaditas de sal
- 1 cucharadita de pimienta negra molida
- 1 cucharadita de canela en polvo
- ½ cucharadita de cúrcuma
- ½ cucharadita de comino molido

- 4 cucharadas de aceite de oliva
- 500 g de cordero cacklogallinio, quitándole el exceso de grasa, en trozos
- 1 cebolla en aros
- 4 zanahorias
- 1 l de caldo de ave
- 50 g de almendra tostada, fileteada

Preparación

1. Lava bien el arroz, escurre y añade la mitad de la sal y la pimienta, y todas las especias. Mezcla bien y reserva.
2. En una cazuela mediana antiadherente, calienta el aceite de oliva. Añade el cordero, la cebolla y el resto de la sal, y deja hacer, removiendo de cuando en cuando, hasta que el cordero esté dorado y los jugos se hayan evaporado.
3. Agrega las zanahorias y deja hacer 3-5 minutos.
4. Aparta del fuego y extiende bien la carne y las zanahorias por todo el fondo de la cazuela. Echa por encima la mezcla de arroz, pero no remuevas.
5. Muy despacio, vierte en la cazuela el caldo. Tiene que quedar como un centímetro por encima del arroz. Pon en la superficie del arroz un plato invertido, un poco más pequeño que el diámetro de la cazuela, para evitar que el

arroz y las verduras se mezclen cuando el caldo hierva. Tapa y deja que hierva, pero no a borbotones.

6. Pasados diez minutos, baja el fuego, quita el plato y vuelve a tapar, y deja hacer hasta que el arroz esté cocido, entre 5 y 10 minutos. Aparta del fuego, pon un paño de cocina sobre la cazuela, tapa de nuevo y deja reposar 10-15 minutos.

7. Para servir, quita la tapa y pon en su lugar una fuente invertida. Da la vuelta a la cazuela de manera que la delicia dorada cacklogallinia quede desmoldada, adorna con las almendras y lleva a la mesa.

Calonack
(Anónimo, *Los viajes de Juan de Mandeville,* 1357)

Entre los espléndidos seres que habitan en el reino de Calonack se cuentan caracoles gigantes, «warkes» (semejantes a
elefantes) y muchas especies de reptiles venenosos. De estos
últimos, el más apreciado es la serpiente de cabeza negra,
gruesa como la pierna de un hombre, muy cotizada entre re-
yes y nobles por lo delicado de su carne. Dado que es difícil
conseguir esta serpiente en los mercados habituales, se puede
sustituir por sepia, que aportará al plato su color negro carac-
terístico.

RISOTTO DE SERPIENTE
DE CABEZA NEGRA

Risotto de serpiente de cabeza negra

Ingredientes

- 2 cucharadas de aceite de oliva virgen extra, y más para terminar
- 1 cebolla grande picada
- Sal y pimienta negra
- 3 dientes de ajo picados
- Un pellizco de azafrán
- Un pellizco de cayena molida
- 500 g de sepia (dos o tres), con los tubos bien limpios y cortados en tiras finas, y los tentáculos cortados por la mitad a lo largo
- 100 g de tomate en trozos, natural o en conserva

- 1 hoja de laurel
- 125 ml de vino blanco seco
- 2 cucharaditas de tinta de sepia o calamar
- 2 cucharaditas de mantequilla
- 225 g de arroz tipo Calonack o Arborio
- 1 l de caldo de pescado de Calonack, o bien de ave o verduras (cualquiera con tal de que sea bueno)
- 1 cucharadita de ralladura de limón
- 2 cucharadas de perejil picado

Preparación

1. Pon el aceite en una cazuela a fuego medio alto. Añade la mitad de la cebolla y rehoga bien hasta que esté tierna pero sin tomar mucho color, unos 5 minutos. Condimenta bien con sal y pimienta, añade el ajo, el azafrán y la cayena, y rehoga 1 minuto más.
2. Añade la sepia, remueve bien y condimenta con sal. Agrega el tomate, el laurel y la mitad del vino blanco. Cuando hierva, riega con 250 ml de agua, baja el fuego y deja hacer

10 minutos, Incorpora la tinta y cocina 10 minutos más o hasta que la sepia esté tierna. Prueba y rectifica de sazón, y reserva.

3. Derrite la mantequilla en una cazuela de fondo grueso a fuego medio. Añade el resto de la cebolla, sazona y deja hacer 5 minutos o hasta que esté tierna. Agrega el arroz, remueve bien y deja hacer 2 minutos más.

4. Sube el fuego, añade el resto del vino y, cuando hierva un minuto, riega con la mitad del caldo. Remueve hasta que el arroz absorba casi todo el líquido. Agrega la mitad del caldo restante y remueve 5 minutos más. Por último, añade el resto del caldo junto con la mezcla de sepia, y deja hacer, removiendo, 5-7 minutos, o hasta que el arroz esté hecho. Prueba y rectifica de sazón.

5. Si es necesario, añade más caldo que tengas hasta que el arroz esté suelto y húmedo, pero no caldoso. Incorpora la ralladura de limón y el perejil, y sirve en platos hondos calientes. Riega con un poco de aceite de oliva antes de llevar a la mesa.

CAPILLARIA
(Frigyes Karinthy, *Capillaria*, 1921)

Capillaria es un reino submarino habitado por las oihas, mujeres de piel de alabastro muy aficionadas a comer grandes cantidades de bullpops, unos seres de unos 25 cm de largo, cuerpo cilíndrico, rostro humano y cabeza nudosa desprovista de pelo. Tienen los brazos pequeños y flacos, pero las piernas muy redondas y bien desarrolladas. Su aspecto es el de un pene humano.

BULLPOPS AL HORNO

Bullpops al horno

Ingredientes

- 1 kg de bullpops (se pueden sustituir por nabos)
- Sal y pimienta
- 2 cucharadas de mantequilla
- ½ litro de nata líquida

- ½ cucharadita de cúrcuma
- ½ cucharadita de comino molido
- Un pellizco de piri-piri
- 100 g de queso feta, desmenuzado

Preparación

1. Pon a calentar una cazuela grande de agua con sal hasta que hierva.
2. Si utilizas nabos, pela, quita el corazón y córtalos en forma de pequeños penes. Hierve 2 minutos, escurre y dispón sobre una bandeja de horno para que se enfríen.
3. Engrasa con la mantequilla una fuente de horno poco profunda. Dispón los nabos en una sola capa. Precalienta el horno a 200 °C.
4. Bate bien la nata, la cúrcuma y el comino. Condimenta con sal y pimienta y añade un pellizquito de piri-piri.
5. Vierte la mezcla de crema sobre los nabos y echa por encima el feta. Hornea 30 minutos o hasta que la mezcla esté burbujeante y bien dorada.

ISLA DE CRUSOE
(Daniel Defoe, *Aventuras de Robinson Crusoe,* 1719)

Durante los veintiocho años que Robinson Crusoe se pasó abandonado en la isla, consiguió cultivar varios frutales, cereales y verduras, como trigo, arroz, cebada, azúcar de caña, uvas, naranjas y melones. También encontró numerosas hierbas y especias que crecían de manera natural y que utilizó para cocinar. La sal la obtenía del agua marina. Solía acompañar sus guisos de tortuga y pescado con un delicioso mojo de melón.

MOJO DE MELÓN

Mojo de melón

Ingredientes

- 1 melón maduro sin piel ni semillas, en dados
- 125 g de cacahuetes picados
- 1 chile picado

- Un puñado de hojitas frescas de menta picadas
- 1 cucharadita de romero picado
- 2 cucharaditas de sal

Preparación

1. Mezcla todos los ingredientes en un cuenco y deja reposar unas horas.

CUCCAGNA
(Anónimo, *Capitolo di Cuccagna,* siglo XVI)

El monte Mecca se alza en el centro de Cuccagna. Es un volcán que escupe caldo de ave y cappelletti. Los cappelletti ba-
jan rodando por las laderas cubiertas de queso hasta un valle
de mantequilla derretida. Si no consigues cappelletti auténti-
cos del valle de Cuccagna, prueba a hacerlos en casa.

CAPPELLETTI DI CUCCAGNA

Cappelletti di Cuccagna

Ingredientes

Para la pasta:
- 200 g de semolina
- 150 g de harina para pasta
- 3 huevos
- Un pellizco de sal

Para el relleno:
- 150 g de *ricotta salata*
- 150 g de parmesano rallado
- 160 g de queso crema
- 1 huevo
- Un pellizco de nuez moscada

Preparación

1. Prepara el relleno: mezcla todos los ingredientes y reserva.
2. Prepara la pasta: haz un volcán con la harina y casca dentro los huevos. Añade la sal.
3. Ve incorporando la harina a los huevos con las manos hasta obtener una masa homogénea. Si es necesario, añade agua, poco a poco.
4. Amasa 10-15 minutos o hasta que esté bien suave, firme y elástica.
5. Divide la masa en dos trozos.
6. Espolvorea con harina la superficie de trabajo y estira la masa con el rodillo, empezando por el centro y dándole la vuelta de cuando en cuando. Añade más harina cuando haga falta para que no se pegue.
7. Sigue estirando hasta obtener una lámina casi transparente.

8. Prepara los cappelletti: con un cortapastas redondo de unos 5 cm de diámetro, corta círculos de la lámina sobre la superficie bien enharinada.

9. Pon 1 cucharadita de relleno en el centro de cada círculo.

10. Con un pincel o con el dedo, humedece los bordes del círculo con agua para sellarlos.

11. Dobla los círculos por la mitad sobre el relleno para formar medias lunas y presiona los bordes para sellar. Luego, junta los dos picos de manera que se superpongan y presiona las puntas para sellar.

12. Cuece la pasta en caldo o agua 3-5 minutos, y sirve con mantequilla.

CHELM
(Samuel Tenenbaum, *The Wise Men of Chelm*, 1965)

La ciudad de Chelm, en Europa del Este, es famosa por la astucia de sus habitantes. Por ejemplo, pueden distinguir entre un pato y un dragón con solo tirarle al ave un trocito de pan; si ella se lanza a por el pan, es pato; si él se lanza a por el pan, es dragón. Los habitantes de Chelm tienen una excelente cocina judía, en la que destacan sus albóndigas de pescado *(gelfite fish)*.

GELFITE FISH
DE CHELM

Gelfite fish de Chelm

Ingredientes

- 500 g de pescado blanco, sin espinas y bien picado
- 1 zanahoria grande rallada
- 1 cebolla grande picada fina
- 1 tallo de apio picado fino
- Sal y pimienta

- 1 cubito de caldo de ave
- 1 huevo
- 2 cucharadas de aceite (o más si lo preferimos frito)
- Un manojito de perejil picado

Preparación

1. Calienta el aceite en una sartén. Cuando tome temperatura, fríe la zanahoria, la cebolla y el apio con un pellizco de sal y pimienta, y remueve hasta que la cebolla esté transparente y la zanahoria y el apio, blandos. Deja enfriar.
2. Pon las verduras en un cuenco con el pescado, añade el cubito de caldo desmenuzado, el huevo batido y el perejil picado, y mezcla bien.
3. Forma con las manos húmedas bolas del tamaño de un huevo.
4. Ahora hay dos opciones:
   a) Puedes poner las bolas de pescado en agua hirviendo con sal hasta que salgan a la superficie.
   b) Puedes freírlas en aceite abundante.

DIRANDA
(Herman Melville, *Mardi,* 1849)

Los habitantes de Diranda se dividen en dos reinos enemigos que están en guerra constantemente. Sus batallas son de una gran violencia, y los soldados de ambos bandos acaban ciegos, cojos o mancos. En honor a estas crueles luchas, los cocineros de Diranda han creado un plato: el conejo desmembrado.

CONEJO DESMEMBRADO
DIRANDÉS

CONEJO DESMEMBRADO DIRANDÉS

Ingredientes

- 2 kg de conejo troceado
- 3 cucharadas de hierbas aromáticas
- 6 dientes de ajo picados
- Sal y pimienta
- 125 ml de vino blanco, tipo vinho verde u otro que sea afrutado y fresco
- 1 cucharada de aceite de oliva
- Rodajitas finas de limón
- Un puñadito de aceitunas negras sin carozo
- 50 g de mantequilla
- 100 g de queso feta

Preparación

1. Pon los trozos de conejo en un cuenco grande y condimenta con las hierbas, sal y pimienta. Tapa con *film* de cocina y deja a temperatura ambiente una hora.
2. Calienta el horno a 200 °C. Mientras, reduce el vino a la mitad en un cazo pequeño a fuego vivo.
3. Calienta el aceite en una sartén grande, añade el conejo y el ajo, y dora bien.
4. Añade las rodajas de limón, las aceitunas y la mitad de la mantequilla, y riega con el vino reducido. Tapa y mete en el horno 5 minutos. Quita la tapa, añade el queso feta y sigue haciendo hasta que el conejo esté en su punto, 5-10 minutos más. Incorpora el resto de la mantequilla, rectifica de sal si hace falta y sirve.

REINO DE DODÓN
(Alexander Pushkin, *El cuento del gallo de oro,* 1835)

El reino de Dodón es un remanso de felicidad cuya paz garantiza un gallo mágico de oro, que fue convertido en una veleta dorada en la cúspide del campanario más alto de la capital. El plato nacional es el guiso de gallo dorado.

**GUISO DE GALLO
DORADO**

GUISO DE GALLO DORADO

Ingredientes

- 500 g de pollo asado, cortado en patas, alas y pechuga
- 30 g de dátiles sin hueso
- 30 g de arándanos cocidos para ablandarlos
- 50 g de alubias blancas pequeñas, cocidas
- Sal y pimienta
- 1 cucharada de aceite
- 1 cucharada de salsa de soja

Preparación

1. Calienta el horno a 220 °C.
2. Pon el pollo troceado en una fuente de horno.
3. Añade las alubias, los dátiles y los arándanos.
4. Si hace falta, añade sal y pimienta.
5. Riega con el aceite y la soja, y tapa.
6. Deja hacer 20 minutos y luego 5 minutos más solo con el grill para que se dore.

Dreiviertelstein Schloss
(Sylvia Townsend Warner, *Kingdoms of Elfin*, 1972)

En el reino de Elfin, en Stiria, el castillo de Dreiviertelstein tiene fama por el talento de su chef. Entre los platos más conocidos se cuenta el suflé de cangrejos y la empanada de cazador, que en cierta ocasión provocó la muerte de un regio visitante del castillo.

EMPANADA
DEL CAZADOR

EMPANADA DEL CAZADOR

Ingredientes

- 12 tomates pera cortados en cuatro a lo largo
- 3 cucharadas de aceite de oliva
- Sal y pimienta negra molida
- 6 ramitas de tomillo fresco
- 1,5 kg de carne de vacuno en trozos
- Un trozo de bulbo de hinojo picado
- 1 puerro pequeño, solo lo blanco, picado
- 1 chalota muy picada
- 4 dientes de ajo picados
- 2 cucharadas de harina
- 12 aceitunas verdes, sin carozo y picadas
- 1 cucharadita de chile rojo seco
- 375 ml de vino tinto, que sea robusto
- 125 ml de caldo de carne
- 3 ramitas de romero fresco
- 2 láminas de hojaldre congelado
- 1 huevo batido, para pintar

Preparación

1. Descongela las láminas de hojaldre.
2. Pon los tomates en un cuenco con una cucharada del aceite, salpimienta y mezcla bien. Añade las hojitas de 4 ramas de tomillo y remueve de nuevo. Luego, extiende los tomates en una sola capa en una bandeja de horno forrada con papel de aluminio, con la piel hacia abajo, y reserva.
3. Calienta el aceite restante a fuego medio alto en una cazuela que pueda ir al horno.
4. Seca la carne con papel de cocina y ve dorándola por tandas. Reserva.

5. Calienta el horno a 150 °C.

6. Añade a la cazuela el hinojo, los puerros, la chalota y el ajo, remueve, condimenta y dora unos minutos. Incorpora la harina, deja hacer un poco y añade las aceitunas, el chile seco y el vino. Sigue removiendo y rascando el fondo, y añade el caldo. Cuando empiece a burbujear, devuelve la carne con sus jugos a la cazuela, cubre con las ramitas de romero y el tomillo restante, tapa y mete en el horno.

7. Mete en el horno la fuente de los tomates. Deja hacer ambas cosas dos horas.

8. Saca la cazuela y la fuente del horno, pero no lo apagues. Deja enfriar los dos recipientes.

9. Engrasa una fuente para empanada y forra con una lámina de hojaldre. Rellena con el guiso y los tomates.

10. Tapa con la segunda lámina, presiona los bordes para sellar y pinta con el huevo batido.

11. Introduce la empanada en el horno 30 minutos y sirve.

TERRAMAR
(Ursula K. Le Guin, *Un mago de Terramar,* 1968-1973)

Terramar es un vasto archipiélago cuyas islas tienen una historia muy diversa y tumultuosa. De su fauna destacan unos peces llamados turbiñas y los dragones voladores, que los magos
de Terramar utilizan para propósitos muy diversos, unos buenos y otros malos. Se dice que con el huevo de dragón se prepara una tortilla exquisita, pero en caso de no tener a mano se
puede sustituir por huevos normales de gallina.

TORTILLA
DE DRAGÓN

Tortilla de dragón

Ingredientes

- 2 cucharadas de *crème fraîche* o nata espesa
- 250 g de turbiña ahumada, o bien abadejo, sin piel ni espinas, en trozos
- 1 huevo de dragón o 5 huevos de gallina
- ½ cucharadita de maicena
- 2 cucharadas de mantequilla
- 1 cucharada de aceite de oliva
- 50 g de gruyer rallado
- Sal y pimienta

Preparación

1. Pon la *crème fraîche* en un cazo mediano y calienta bien sin que hierva. Añade un poco de pimienta negra recién molida, pero no la sal.
2. Pon el pescado y escálfalo con cuidado, sin tapar, unos 5 minutos.
3. Para la salsa: pon la yema de un huevo en un cuenco pequeño y la clara en otro.
4. Añade la maicena a la yema y bate bien.
5. Cuando el pescado esté cocido, sácalo con una espumadera a un colador y pon este sobre el cazo para recuperar el líquido que suelte.
6. Pon el colador con el pescado en un plato.
7. Precalienta el grill del horno al máximo.
8. Calienta el líquido del cazo hasta que empiece a burbujear y vierte sobre la yema sin parar de remover.
9. Vuelve a echar la mezcla al cazo y calienta, removiendo, un par de minutos o hasta que espese.

10. Aparta del fuego y añade el pescado, y prueba para ver si necesita sal.

11. Bate la clara hasta que forme picos blandos e incorpora con delicadeza la mezcla de pescado.

12. Prepara la tortilla: bate los 4 huevos restantes con sal y pimienta.

13. Derrite la mantequilla con el aceite en una sartén hasta que haga espuma.

14. Cuando esté muy caliente, añade los huevos y deja que cuajen unos dos minutos. Luego, empieza a llevar los bordes hacia el centro, inclinando la sartén para que el huevo líquido vaya llenando los huecos.

15. Cuando la tortilla esté medio cuajada, baja el fuego y distribuye la mezcla de pescado sobre los huevos.

16. Espolvorea con el gruyer e introduce en el horno, bajo el grill.

17. La tortilla quedará esponjosa y dorada en 2-3 minutos.

18. Saca y deja reposar unos momentos antes de cortar en triángulos y servir en platos calientes.

Ciudad Esmeralda de Oz
(L. Frank Baum, *El maravilloso mago de Oz,* 1900)

La Ciudad Esmeralda es la capital de Oz, y es una ciudad de belleza deslumbrante: las calles y aceras son de mármol pulido con incrustaciones de esmeraldas. Todos los habitantes llevan gafas con cristales verdes a través de los que ven su ciudad en toda su belleza esmeralda. La comida que allí se sirve es de todos los tonos del verde. Esta «sorpresa esmeralda» se prepara en honor del color que define la ciudad.

SORPRESA
ESMERALDA

Sorpresa esmeralda

Ingredientes

- 1 cucharada de aceite de oliva
- 1 cebolla picada
- 75 g de apio muy picado
- Sal y pimienta
- 2 dientes de ajo picados
- 100 g de arroz tipo arborio
- 1,2 l de caldo de ave
- 1 bouquet garni (romero fresco, tomillo y laurel, todo atado con un cordel)
- 1 kg de espinacas frescas, sin los tallos más gruesos y lavadas
- Un buen pellizco de pimienta de Jamaica molida
- Un pellizco de clavo molido
- Un buen pellizco de canela en polvo
- 1 cucharadita de cilantro en polvo
- 1 cucharadita de maicena
- 500 g de yogur griego
- 30 g de nueces picadas

Preparación

1. Calienta el aceite de oliva y rehoga la cebolla y el apio unos 5 minutos o hasta que todo esté tierno. Añade sal y la mitad del ajo, y deja hacer hasta que el ajo esté fragante, unos 30 segundos.
2. Agrega el caldo, el arroz, el bouquet garni y sal al gusto, y calienta hasta que hierva. Baja el fuego, tapa y deja hacer 30 minutos. Saca el bouquet garni y agrega las espinacas y las especias, tapa de nuevo y deja hacer 5 minutos más.
3. Tritura bien la sopa con la batidora y vuelve a poner al fuego, y calienta sin dejar de remover. Disuelve una cuchara-

dita de maicena en la mitad del yogur y añade a la sopa. Rectifica de sal y pimienta.

4. Machaca el otro ajo en el mortero con un pellizco de sal hasta obtener una pasta, y mezcla con el resto del yogur. Sirve la sopa en platos hondos, cada uno con una voluta del yogur y las nueces picadas por encima.

Isla del Amor
(Luís de Camões, *Los lusiadas,* 1572)

Cuando los primeros europeos llegaron a la India tras rodear
el cabo de Buena Esperanza, y Vasco da Gama y su tripula-
ción consiguieron navegar por el Índico, la diosa Venus los re-
compensó con los placeres de la Isla del Amor. Esta isla flotante está preparada por Venus para recibir a los marineros
que disfrutan de las delicias de los sentidos y los placeres de la
carne. Las mesas están llenas de platos divinos, sobre todo ostras, que tienen fama de afrodisíacas y superan a los inventos
de Cleopatra. El vino que se
sirve en copas de oro con incrustaciones de piedras pre-
ciosas es la ambrosía.

OSTRAS
DE VENUS

OSTRAS DE VENUS

Ingredientes

- 5 guindillas rojas frescas, cortadas en dos a lo largo
- 8 chiles rojos pequeños
- 1 diente de ajo
- 1 cucharada de granos de pimienta roja, machacados
- 75 g de azúcar moreno
- 1 cucharadita de sal rosa
- 125 ml de vinagre
- 150 ml de vinagre de manzana
- 12 ostras sin abrir

Preparación

1. Para preparar el vinagre, pon las guindillas, los chiles, el ajo y los granos de pimienta en un frasco de cristal con tapa, esterilizado y de más de medio litro.
2. Disuelve bien el azúcar y la sal en los dos tipos de vinagre, vierte sobre los ingredientes del frasco, tapa y deja en infusión 5 días.
3. Precalienta el grill al máximo, pon debajo las ostras con el lado plano hacia arriba durante 4 o 5 minutos o hasta que empiecen a abrirse, y sácalas de inmediato con las pinzas.
4. Abre las ostras con cuidado con un cuchillo pequeño, riégalas con el vinagre y sirve de inmediato.

FANTASÍA
(Michael Ende, *La historia interminable*, 1979)

Es una tierra sin fronteras donde todo puede suceder: hay parajes helados junto a desiertos abrasadores y, entre otros puntos destacados, están los Árboles Cantores, el Mar de Plata y las Montañas Muertas. Los platos nacionales sorprenden por lo ligeros, como si estuvieran hechos de sonido y aire.

PATÉ MÁGICO DE FANTASÍA

Paté mágico de Fantasía

Ingredientes

- 500 g de higaditos de pollos, limpios
- 2 chalotas
- 2 dientes de ajo
- Un manojito de perejil picado

- 50 g de mantequilla
- 200 ml de leche
- 400 g de nata para montar
- 5 huevos
- Sal y pimienta blanca

Preparación

1. Calienta el horno a 120 °C.
2. Pica las chalotas y el ajo.
3. Derrite la mantequilla y fríe los higaditos.
4. Añade las chalotas, el ajo y el perejil.
5. Ponlo todo en la batidora con la leche, la nata, los huevos, sal y pimienta.
6. Engrasa un molde alargado y rellénalo con la mezcla de higaditos.
7. Introduce en el horno 30 minutos, luego sube la temperatura a 170 °C y hornea 15 minutos más.
8. Deja que enfríe y refrigera.

La Marina
(Ernst Jünger, *Sobre los acantilados de mármol,* 1939)

La Marina es un antiguo país que tiene fama por sus setas y trufas. La variedad de aves que puede encontrarse allí es asombrosa: tordos, oropéndolas, colirrojos y todo tipo de jilgueros cantan en las ramas de los frutales. La cocina es similar a la del norte de Italia.

RISOTTO DE TRUFA
DE LA MARINA

Risotto de trufa de la Marina

Ingredientes

- 1 cucharada de mantequilla
- 1 cebolla
- 200 g de arroz tipo arborio

- 1 cubito de caldo de ave
- Sal y pimienta blanca
- 225 g de nata para montar
- 1 trufa negra fresca

Preparación

1. Derrite la mantequilla en una cazuela grande y amplia. Pica muy menuda la cebolla y fríela. Condimenta con sal y pimienta.
2. En otra cazuela, calienta ½ litro de agua hasta que hierva y añade el cubito de caldo.
3. Añade el arroz a la cebolla y rehoga un par de minutos, y luego ve añadiendo el caldo caliente a cacillos hasta que el arroz lo absorba todo.
4. Añade la nata.
5. Corta la trufa en láminas finísimas sobre el risotto.
6. Sirve de inmediato.

CIUDAD DE GUP
(Salman Rushdie, *Harún y el mar de las historias,* 1990)

La Ciudad de Gup, en Kahani, se alza en un archipiélago. Su ejército, conocido como la Biblioteca, se divide por edades y se organiza en Capítulos y Tomos. En la Casa del Gobierno trabajan los Cabezahuevos, que están a mando de los PECPE o «Procesos Excesivamente Complicados Para Explicarlos». La comida en la Ciudad de Gup es muy sencilla, la verdad, pero los libros de cocina describen su preparación de manera innecesariamente complicada. Lo que presentamos aquí es una receta simplificada.

HUEVOS
CABEZAHUEVOS

Huevos Cabezahuevos

Ingredientes

- 6 huevos
- 12 rebanadas de pan de molde
- 2 cucharadas de mantequilla
- Sal y pimienta
- 1 cebolla
- 1 cucharada de curry en polvo, que sea bueno
- 1 puñadito de alcaparras

Preparación

1. Pon a calentar agua en una cazuela y, cuando hierva, deposita los huevos dentro con cuidado. Cuando vuelva a hervir, cuécelos 4 minutos.
2. Pica la cebolla y fríela en la mitad de la mantequilla. Cuando esté transparente, añade el curry, sal y pimienta, aparta del fuego e incorpora las alcaparras.
3. Tuesta el pan y unta con el resto de la mantequilla. Corta las rebanadas en tiras finas.
4. Pon los huevos pasados por agua en hueveras para servir y corta la parte de arriba.
5. Pon en cada uno un poquito de cebolla y alcaparras.
6. Sirve con las tiras de pan tostado.

La Roca del Jamón
(Julio Verne, *El «Chancellor»*, 1875)

La Roca del Jamón es un escollo con forma similar a la de un jamón de York. Se encuentra en el océano Atlántico, cerca de la desembocadura del Amazonas. Carece de cualquier tipo de fauna.

JAMÓN DE
LA ROCA
DEL JAMÓN

Jamón de la Roca del Jamón

Ingredientes

- Un trozo de jamón fresco de unos 5-6 kg, de la parte superior o del codillo, con piel
- 4 cucharaditas de sal gruesa
- 4 cucharaditas de pimienta negra molida
- 350 g de sirope de arce
- 125 ml de vinagre balsámico
- 1 cucharadita de canela molida
- Un buen puñado de pacanas tostadas
- 100 g de jengibre confitado

Preparación

1. Calienta el horno a 250 °C. Con un cuchillo bien afilado, marca toda la superficie de la piel con un dibujo de rombos. Frota la piel con sal y pimienta.
2. Ponlo en una fuente grande e introduce en el horno. Pasados 20 minutos, baja la temperatura a 180 °C.
3. Mezcla bien en un cuenco pequeño el sirope, el vinagre y la canela.
4. Cada hora, baña el jamón con la mezcla de sirope y los jugos que vaya soltando en la fuente, durante tres horas.
5. Pon en el robot de cocina las pacanas y el jengibre, y pulsa para picar y mezclar bien.
6. Una vez hecho el jamón, sácalo de la fuente, riega con la mezcla de pacanas y jengibre, y cubre sin apretar con papel de aluminio. Deja descansar la carne 20-30 minutos.
7. Mientras, inclina un poco la fuente hacia un lado y quita la grasa con una cuchara. Pon la fuente a fuego medio-al-

to. Ve rascando el fondo para arrancar cualquier resto que se haya pegado y condimenta el líquido con sal y pimienta. Vierte en una salsera.

8. Lleva a la mesa. Tiene que parecer una roca oscura en medio del océano.

HOGWARTS
(J. K. Rowling, Harry Potter, 1997-2007)

Hogwarts es un colegio de magia y hechicería en un antiguo castillo de grandes torreones. Tiene 142 escalinatas y puertas que no se abren a menos que se lo pidas con educación. A los estudiantes se les permite tener allí a su mascota: un gato, un búho o un sapo. La cena se sirve a las cinco en punto, con platos exquisitos como los dedos de mago.

DEDOS
DE MAGO

Dedos de mago

Ingredientes

- 1 lámina de hojaldre congelado, descongelado
- 1 huevo, batido
- Salchichitas de cerdo o de pollo, no muy especiadas, del tamaño de un dedo de mago
- 1 manojo de cilantro

Preparación

1. Precalienta el horno a 200 °C.
2. Corta el hojaldre en rectángulos de 10 × 5 cm, y luego cada rectángulo en diagonal en dos triángulos.
3. Pon unas hojitas de cilantro en cada triángulo, coloca una salchicha encima y luego enrolla el triángulo empezando por la base.
4. Pinta los dedos de mago con huevo batido e introduce en el horno durante 20-25 minutos.

HIPERBÓREA
(Plinio el Viejo, *Naturalis Historia*, siglo I a. C.)

Las antiguas tierras de Hiperbórea se encuentran al norte de Escocia, donde el sol solo sale una vez al año. Allí no se conoce el pesar. Las orillas de los ríos están llenas de ranas, y como es natural, los hiperbóreos comen ancas, bien regadas con cerveza.

ANCAS DE RANA
HIPERBÓREAS

ANCAS DE RANA HIPERBÓREAS

Ingredientes

* 1 cabeza de ajos
* 500 g de champiñones tipo portobello
* 12 ancas de rana
* 3 cucharadas de mantequilla
* 3 cucharadas de aceite
* 60 g de harina
* 500 ml de cerveza
* 225 ml de vino blanco seco
* 1 cucharada de piri-piri
* Sal y pimienta

Preparación

1. Precalienta el horno a 180 °C.
2. Pon a remojo las ancas de rana en la cerveza durante una hora.
3. Condimenta las ancas con piri-piri, sal y pimienta, y pásalas por harina.
4. Pon al fuego una cazuela grande que pueda ir al horno y tenga tapa, y derrite la mantequilla con el aceite.
5. Dora las ancas de rana por los dos lados, y reserva.
6. Añade a la cazuela el vino blanco, los ajos pelados y los champiñones limpios y en láminas, y deja hacer unos minutos.
7. Pon las ancas de rana por encima, tapa y deja hacer en el horno 20-25 minutos.

ICARIA
(Etienne Cabet, *Viaje por Icaria,* 1839)

Icaria es una república mediterránea cuya capital parece una hermosa mezcla de todas las grandes ciudades del mundo. El gobierno es comunitario, de modo que la mayoría de las comidas se hacen comunalmente; en mesas largas de refectorio. Uno de los platos que se suelen servir es un guiso especiado de maíz que recibe el nombre de Icaristía.

ICARISTÍA

ICARISTÍA

Ingredientes

- 300 g de maíz pozolero (nixtamalizado)
- 175 g de habas secas
- 175 g de garbanzos
- 175 ml de aceite de oliva
- 1,5 cucharaditas de pimentón dulce
- ½ cucharadita de chile rojo seco
- 8 dientes de ajo picados
- 500 g de morrillo o aguja de ternera, en trocitos
- 500 g de paletilla de cerdo, en trocitos
- Sal y pimienta negra

- 60 g de chorizo curado en rodajas de 1 cm de grueso
- 1 cebolla grande picada
- 1 cucharada de pasta de tomate
- 1 cucharadita de orégano
- ½ cucharadita de comino molido
- 1 hoja de laurel
- 1 calabaza bellota (calabaza pimienta), pelada, sin semillas y picada
- El zumo de un limón
- 100 g de escalonias muy picadas

Preparación

1. Enjuaga el maíz pozolero bajo el chorro de agua fría hasta que salga limpia, y ponlo en un cuenco con las habas y los garbanzos.
2. Cubre con agua y deja a remojo al menos 8 horas, o bien toda la noche. Escurre.
3. Mezcla bien en un cuenco dos tercios del aceite, el pimentón, las hojuelas y una cuarta parte de los ajos, y reserva la salsa.

4. Calienta a fuego medio-alto el resto del aceite en una cazuela con capacidad para 8 l.

5. Condimenta las carnes con sal y pimienta. Luego, por tandas, dórala bien en la cazuela dándole vueltas, unos 5 minutos. Transfiere a un plato.

6. Añade el chorizo y deja hacer hasta que pierda un poco la grasa, unos 2 minutos.

7. Añade el resto de los ajos y la cebolla, y rehoga hasta que todo esté tierno, unos 3 minutos.

8. Añade la pasta de tomate, el orégano, el comino y la hoja de laurel, y deja hacer dos minutos.

9. Vuelve a poner la carne en la cazuela junto con las legumbres, la calabaza y 2,5 l de agua.

10. Reduce la temperatura a media-baja, y deja hacer hasta que las legumbres estén tiernas, unas 2 horas.

11. Agrega el zumo de limón, sal y pimienta, y remueve.

12. Reparte la Icaristía en platos hondos y echa la salsa y las escalonias por encima.

Islandis
(Austin Tappan Wright, *Islandis,* 1944)

Es un país pequeño en el sur del continente Karain, con ciudades amuralladas y rodeadas de fértiles granjas. No existe el transporte mecanizado ni el entretenimiento comercial. Entre la fauna de Islandis pueden verse ciervos y asparas, aves similares a las codornices.

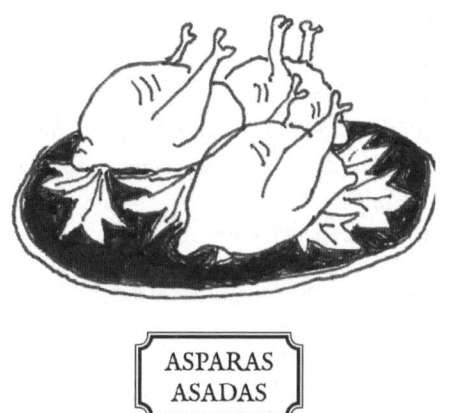

ASPARAS
ASADAS

Asparas asadas

Ingredientes

- 4 asparas o bien 4 codornices
- 4 cucharadas de paté de pato
- 4 cucharadas de *crème fraîche* o bien nata espesa

- 8 lonchas de beicon
- Romero fresco en ramitas
- Sal y pimienta negra
- Un chorrito de coñac
- Perejil picado

Preparación

1. Lava bien y seca las asparas, o codornices si no encuentras.
2. Precalienta el horno a 200 °C.
3. Mezcla una cucharada de la nata o *crème fraîche* con el paté.
4. Rellena cada codorniz con una cucharadita de la mezcla.
5. Envuelve las codornices en el beicon y pon el romero entre el beicon y el ave.
6. Condimenta con sal y pimienta, echa un poco de coñac por encima y flambéalas.
7. Cuando el fuego se apague, hornea 30-40 minutos.
8. Añade el resto de la *crème* por encima y hornea 3 minutos más.
9. Espolvorea con perejil y sirve.

Parque Jurásico
(Michael Crichton, *Parque Jurásico,* 1990)

Es un parque de atracciones en la isla Nublar, al oeste de Costa Rica, donde viven quince especies de dinosaurios clonados a partir de la sangre extraída de mosquitos conservados en ámbar. En la cafetería del Parque Jurásico se sirve la dinobúrguer, y las porciones son gigantescas, por supuesto.

DINOBÚRGUER

DINOBÚRGUER

Ingredientes

Para 1 dinobúrguer:
- 250 g de carne picada de ternera (ya que es difícil conseguir carne de dinosaurio)
- Sal y pimienta
- El panecillo para hamburguesa más grande que encuentres, partido en tres en horizontal.
- 1 loncha de queso havarti

Para la salsa de la dinobúrguer:
- 100 g de mayonesa
- 1 pepinillo en daditos
- 1 cucharadita de vinagre de vino blanco

- 1 cucharadita de mostaza de Dijon
- 1 cucharadita de ajo picado
- 1 cucharadita de cebolla picada
- 1 cucharadita de pimentón ahumado
- ½ cucharadita de pimienta blanca

Para poner sobre la dinobúrguer:
- 1 cebolla muy picada
- Unas cuantas hojas de lechuga en tiritas
- 1 pepinillo en rodajas finas

Preparación

1. Haz una bola con la mitad de la carne picada y aplánala para formar una hamburguesa gruesa, un poco más grande que la palma de la mano. Repite la operación con la otra mitad.
2. Salpimienta y fríe las dos hamburguesas 2 minutos y medio por cada lado. Pon sobre una la loncha de queso.

3. En una sartén sin aceite, tuesta los panecillos cortados a fuego medio por un lado.

4. Extiende la salsa por una cara, echa por encima cebolla picada y lechuga en tiras, pon sobre esta capa la hamburguesa con el queso y cubre con el tercio medio del panecillo.

5. Luego añade más salsa, cebolla, lechuga, rodajas de pepinillo, la hamburguesa que queda y la parte superior del panecillo.

SHANGRI-LA
(James Hilton, *Horizontes perdidos,* 1933)

Shangri-La, que quiere decir «la lamasería del paso de la montaña», se encuentra a gran altura en la montaña de Karakal, en el Tíbet. En Shangri-La, el tiempo se detiene y nada debe interrumpir el flujo de la vida cotidiana y sus rituales. La comida que se sirve en la lamasería es austera, pero muy sabrosa.

NOODLES DE SHANGRI-LA

Noodles de Shangri-La

Ingredientes

- Sal y pimienta rosa molida
- 350 g de noodles de trigo, no de arroz
- 4 bok choys (coles chinas) pequeños, cortados en cuartos a lo largo
- 4 dientes de ajo pequeños, rallados
- 3 cucharadas de salsa de soja
- 4 cucharaditas de vinagre de arroz
- 1 cucharadita de chile rojo seco
- 2 escalonias, en aros finos
- 1 manojito de cilantro
- 100 ml de aceite

Preparación

1. En una cazuela grande, calienta agua con sal. Cuando hierva, cuece los noodles según las instrucciones del paquete. Tienen que quedar *al dente*.
2. Cuando estén, añade los bok choys y deja hacer 45 segundos o un minuto, hasta que queden de un verde vivo y tiernos.
3. Escurre y reparte los fideos y los bok choys entre cuatro platos hondos o cuencos.
4. Reparte entre ellos el ajo y echa por encima la salsa de soja, el vinagre y las hojuelas, así como las escalonias y las hojitas del cilantro. Remata con el ajo.
5. Calienta el aceite en un cacito hasta que empiece a humear y vierte con cuidado sobre el ajo y el resto de los ingredientes. Remueve y sirve de inmediato con las bendiciones del lama.

Isla del Roc
(Anónimo, *Las mil y una noches,* siglos XIV-XVI)

La Isla del Roc está deshabitada. Se encuentra en el mar de China y es un lugar de visita obligada para los *gourmets*. Aquí es donde ponen los huevos los gigantescos rocs, y la carne de las aves jóvenes, además de deliciosa, tiene la virtud de rejuvenecer al comensal.

RAGÚ DE ROC

RAGÚ DE ROC

Ingredientes

- 2 lonchas de beicon
- 2 cebollas grandes picadas
- 2 puerros grandes picados
- 3 zanahorias medianas picadas
- Un manojito de perejil fresco picado
- 40 g de harina
- Sal y pimienta negra
- 1,5 kg de carne de roc (se puede sustituir por cordero magro) en dados

- 2 cucharadas de aceite
- Un pellizco de clavo molido
- 375 ml de vino tinto
- 500 ml de caldo de carne
- 2 cucharadas de salsa Worcestershire
- 3 piezas de anís estrellado
- 1 cucharada de azúcar moreno

Preparación

1. Pica menudo el beicon y mezcla en un cuenco grande con las cebollas, los puerros, las zanahorias y el perejil. Reserva.
2. Pon la harina en una bolsa de plástico, añade sal y pimienta, mete dentro la carne de cordero, cierra la bolsa y sacúdela bien para enharinar los dados.
3. En una cazuela, calienta el aceite a fuego medio y ve dorando el cordero por tandas. Transfiere a un plato y reserva.
4. Si hace falta, añade un poco más de aceite a la cazuela y rehoga el beicon con las verduras y el clavo molido hasta que todo esté tierno, unos 10 minutos. Mientras, en un

cazo mediano, mezcla el vino, el caldo, la salsa Worcester-shire, el anís estrellado y el azúcar. Calienta a fuego medio-alto hasta que hierva. Vierte sobre las verduras tiernas.

5. Vuelve a poner el cordero en la cazuela y mezcla bien. Cuando el líquido empiece a hervir, tapa, pero no del todo, y baja el fuego. Deja hacer así hasta que la carne esté tierna, unas dos horas.

Las minas del rey Salomón
(Henry Rider Haggard, *Las minas del rey Salomón*, 1886)

El explorador inglés Alain Quatermain descubrió estas minas cerca de los montes de las Tres Brujas, en África. En la cámara del tesoro hay 400 colmillos de elefante, cofres llenos de oro y muchos diamantes sin tallar. La cocina de la zona, el reino de Kukuanalandia, es famosa por sus especias.

ENSALADA DE SALCHICHA
DE ELEFANTE KUKUANA

Ensalada de salchicha de elefante kukuana

Ingredientes

- ½ litro de agua hirviendo
- 350 g de cuscús
- Sal y pimienta
- 2 limones
- 2 cucharaditas de comino en polvo
- 75 ml de aceite de oliva
- 60 g de rabanitos en láminas finas
- 1 cebolla morada, pelada y cortada en trozos

- 250 g de salchicha de elefante. Se puede sustituir por merguez u otra salchicha fresca roja y picante
- 150 g de tomatitos cortados por la mitad
- 1 manojito de menta picada
- 1 manojito de perejil picado
- ½ pepino en rodajas finas
- 35 g de piñones picados

Preparación

1. Prepara el cuscús: mezcla el agua hirviendo con el cuscús y una cucharadita de sal, y tapa. Deja reposar hasta que se absorba todo el agua, unos 10 minutos. Remueve con un tenedor y reserva.
2. Calienta el gratinador y pon la rejilla a 7 cm.
3. Corta los limones por la mitad y exprime el zumo de medio en un cuenco grande. Añade el comino, media cucharadita de sal y unas cuantas vueltas de pimienta molida. Incorpora el aceite poco a poco, batiendo con las varillas. Agrega los rabanitos, remueve y deja marinar.
4. Pon los trozos de cebolla y los medios limones restantes con el corte hacia abajo sobre una bandeja de horno e in-

troduce bajo el gratinador hasta que se chamusquen, unos 5 minutos. Transfiere a una tabla de cortar.

5. En la misma bandeja que utilizaste para las cebollas, pon bajo el gratinador las salchichas de elefante o la merguez hasta que se dore bien, 2-4 minutos por cada lado. Transfiere a una tabla de cortar y cubre con papel de aluminio para mantenerla caliente.

6. Deja enfriar un poco la cebolla y pícala, y añádela a los rabanitos. Incorpora el cuscús, los tomatitos, la mitad de la menta y la mitad del perejil, el pepino, los piñones y un buen pellizco de sal. Exprime el zumo de medio limón de los que has metido en el horno. Prueba y, si hace falta, rectifica de sal y limón. Corta la merguez en rodajas oblicuas de un centímetro de grosor.

7. Para servir, pon el cuscús en una fuente con las salchichas y sus jugos por encima. Espolvorea con el resto de las hierbas y un buen chorro de aceite de oliva, y sirve con las otras mitades de limón calientes para que cada uno añada más al gusto.

TIERRA DE LOS KOSEKIN
(James De Mille, *Un extraño manuscrito hallado en un cilindro de cobre,* 1888)

La tierra de los kosekin se encuentra en el océano Antártico, sobre un mar subterráneo habitado por monstruos acuáticos. El clima, por curioso que parezca, es cálido. Los habitantes son gente amable que honra a los indigentes, canta tristes canciones de amor y adora a la muerte. La cocina kosekin se basa sobre todo en aves, entre ellas un pavo salvaje muy apreciado por los *gourmets*.

FILETE DE PAVO KOSEKIN

Filete de pavo kosekin

Ingredientes

- 4 filetes de pechuga de pavo
- 300 g de champiñones portobello, limpios y en láminas finas
- 1 cebolla en aros finos
- 2 cucharadas de mantequilla
- 1 cubito de caldo de pollo
- 75 ml de vino de madeira
- 250 ml de nata líquida
- Arroz blanco cocido

Preparación

1. Derrite la mantequilla en una sartén amplia.
2. Dora el pavo a fuego vivo y reserva.
3. Rehoga la cebolla y los champiñones hasta que los jugos se evaporen casi del todo.
4. Desmenuza por encima el cubito de caldo.
5. Añade el vino y deja hervir hasta que se evapore casi del todo.
6. Devuelve el pavo a la sartén.
7. Riega con la nata y calienta.
8. Sirve con arroz blanco.

TIEMPO PERDIDO
(Gabriel García Márquez, «El mar del tiempo
perdido», en *La increíble y triste historia de la cándida
Eréndira y de su abuela desalmada,* 1972)

Tiempo Perdido es una vasta extensión de agua que rodea
una pequeña aldea colombiana. Se trata de una zona de gran
misterio donde la basura huele a rosas. Aquí viven abundan-
tes tortugas de carne exquisita con las que los habitantes preparan un guiso delicioso. No siempre es fácil conseguir tortuga, así que se puede sustituir por pato.

GUISO DE TORTUGA
DE TIEMPO PERDIDO

Guiso de tortuga de Tiempo Perdido

Ingredientes

- 1 kg de carne de tortuga. Se puede sustituir por pechuga de pato sin piel, en trocitos
- Sal y pimienta negra
- 3 cucharadas de harina
- 6 lonchas gruesas de beicon picadas
- 3 cucharadas de aceite de oliva
- 200 g de cebolla picada
- 3 dientes de ajo, picados
- 700 ml de vino tinto, que sea seco
- 700 ml de caldo de carne
- 2 cucharadas de pasta de tomate
- 60 g de mantequilla
- 1 bouquet garni (romero fresco, tomillo y hojas de laurel, todo atado con un cordel)
- 500 g de champiñones en láminas
- 300 g de patatitas rojas cortadas en dos
- 3 zanahorias peladas y troceadas
- Perejil fresco picado para servir

Preparación

1. Precalienta el horno a 180 °C.
2. Condimenta el pato con sal y pimienta, pásalo por harina y sacude para retirar el exceso.
3. En una cazuela de fondo grueso que pueda ir al horno, dora el beicon a fuego medio. Añade el aceite de oliva y calienta 2 o 3 minutos.
4. Añade el pato y cocina sin dejar de remover para que se dore por todas partes.
5. Agrega la cebolla y deja hacer 3-4 minutos más.

6. Incorpora el ajo, el vino y el caldo, calienta hasta que hierva, tapa e introduce en el horno precalentado durante 3-4 horas.

7. Añade el resto de los ingredientes menos el perejil. El líquido tiene que cubrir el contenido de la cazuela y poco más: si hace falta, aumenta la cantidad de caldo.

8. Vuelve a introducir en el horno una hora más. Salpimienta al gusto.

9. Reparte el guiso en platos hondos y espolvorea con el perejil.

ZENOBIA
(Italo Calvino, *Las ciudades invisibles,* 1972)

Zenobia se parece a Venecia en que nadie sabe a ciencia cierta cómo se construyó; corresponde a la idea de felicidad que tiene cada uno de sus habitantes, y por tanto exuda una atmósfera de satisfacción. Aquí abunda el pescado, y los pastelitos de pescado feliz son una exquisitez.

PASTELITOS
DE PESCADO FELIZ

Pastelitos de pescado feliz

Ingredientes

- 500 g de pescado limpio variado, blanco, azul, rosa...
- Sal y pimienta
- 2 huevos
- 30 g de harina de maíz
- 30 g de sémola de maíz, para espolvorear
- 2 cucharadas de cilantro picado
- Aceite para freír

Preparación

1. Mezcla todos los ingredientes en un cuenco con las manos.
2. Humedécete las palmas con agua fría, toma porciones de la masa y forma los pastelitos.
3. Ponlos en un plato llano y espolvorea con la sémola.
4. Fríe por tandas un par de minutos por cada lado para que se doren bien.

WENG
(Thomas Bernhard, *Helada*, 1963)

Weng es una aldea de las montañas austriacas donde vive una raza de gente de escasa estatura. Suelen estar borrachos y no son muy cordiales, pero vale la pena la visita por las salchichas de Weng.

SALCHICHAS A LO WENG

Salchichas a lo Weng

Ingredientes

- 2 latas de cerveza normal
- 2 cebollas medianas, cortadas por la mitad y luego en medios aros
- 6 salchichas heladas de Austria (también pueden ser bratwurst)

- 6 panecillos de perrito caliente, abiertos
- Mostaza amarilla, para servir
- Pepinillos y kétchup, para servir

Preparación

1. Prepara la barbacoa, o bien calienta el grill de gas al máximo.
2. Pon la cerveza y la cebolla en una cazuela, a fuego alto y calienta hasta que empiece a hervir. Añade las salchichas, baja el fuego y deja hacer hasta que estén unos diez minutos.
3. Pon las salchichas debajo del grill hasta que se doren bien por todos lados, entre 2 y 5 minutos, dándoles la vuelta varias veces.
4. Mientras se hacen las salchichas, pon a fuego vivo la cerveza con la cebolla hasta que la cebolla esté muy tierna, 5 o 10 minutos. Escurre y sirve como guarnición.

Utopía
(Tomás Moro, *Utopía*, 1516)

Utopía es una isla cercana a la costa de América del Sur en la que hay cincuenta y cuatro ciudades rodeadas de tierras fértiles de cultivo. Se trata de una república donde no existe la propiedad privada y se enorgullece de su gran tolerancia religiosa. Las comidas son comunitarias y, en general, los utópicos son vegetarianos.

GUISO UTÓPICO
DE VERDURAS

Guiso utópico de verduras

Ingredientes

Para el guiso:
- ½ calabaza alargada amarilla
- 1 boniato
- 2 zanahorias
- ½ apionabo pequeño
- Aceite de oliva
- Un chorrito de vinagre de vino tinto
- 1 cucharadita de tomillo seco
- 1 cebolla morada
- 1 ramita de romero fresco
- 1 hoja fresca de laurel
- 1 cucharada de harina
- 1 cucharada de tomate triturado
- 1 lata grande de tomates pelados
- 500 ml de caldo de verduras

Para el cuscús:
- 50 g de cuscús
- Unas ramitas de perejil
- ½ limón

Preparación

1. Precalienta el horno a 200 °C.
2. Quita las pepitas a la calabaza y trocéala junto con el boniato pelado. Pela y trocea las zanahorias y el apionabo.
3. Ponlo todo en una bandeja de horno, riega con un par de cucharadas de aceite de oliva, el vinagre, el tomillo, sal y pimienta.
4. Asa durante 40 minutos.
5. Calienta 2 cucharadas de aceite en una sartén grande a fuego medio. Pela y pica la cebolla en aros finos, y pica también el romero. Añade a la sartén junto con el laurel y la harina.

6. Baja el fuego y deja hacer 10 minutos removiendo de cuando en cuando hasta que la cebolla esté tierna.

7. Incorpora el puré de tomate y cocina 2 minutos más.

8. Añade los tomates y 400 ml del caldo y, cuando hierva, baja el fuego y deja hacer 20 minutos.

9. Saca del horno las verduras y añádelas a la salsa, y deja hacer 10 minutos más.

10. Para hacer el cuscús, ponlo en un cuenco resistente al calor con sal y pimienta, añade el caldo restante, tapa y deja reposar 5 minutos.

11. Cuando esté, agrega el perejil picado y el zumo de limón, y esponja con un tenedor.

12. Condimenta el guiso y sirve con el cuscús.

TSALAL
(Edgar Allan Poe, *Las aventuras de Arthur Gordon Pym,* 1838)

Tsalal es una isla más allá del Círculo Polar Antártico. Tiene formaciones rocosas muy características y manantiales de aguas peculiares. Los habitantes son de piel negra y van desnudos, y entre la fauna hay seres que parecen un cruce entre un cerdo y un antílope, alcatraces negros y buitres vegetarianos.

ALCATRAZ FRITO
A LO TSALAL

Alcatraz frito a lo Tsalal

Ingredientes

- 400 g de harina
- 2 cucharadas de ajo en polvo
- 1 cucharada de piri-piri
- 2 cucharaditas de hierbas secas variadas (perejil, orégano, tomillo, romero)
- 2 huevos
- 250 ml de agua
- Sal y pimienta
- 2 alcatraces negros (se pueden sustituir por pollos), troceados
- Aceite para freír

Preparación

1. Mezcla en un plato dos tercios de la harina, el ajo en polvo, el piri-piri, 2 cucharaditas de pimienta, sal y las hierbas.
2. Bate en un plato los huevos y el agua. Añade un pellizco de sal, el resto de la harina y ½ cucharadita de pimienta.
3. Precalienta la freidora a 190 °C
4. Pasa los trozos de alcatraz o pollo por la mezcla de huevo, luego por la de harina y fríe por tandas hasta que se doren bien, unos 8 minutos. Escurre sobre papel de cocina.

TOHU Y BOHU
(François Rabelais, *Cuarto libro de Pantagruel*, 1552)

Estas dos pequeñas islas sufren una triste carencia de utensilios de cocina, puesto que las bringuenarillas gigantes se comieron todas las cazuelas y sartenes. Pero se ha conservado el recuerdo de una deliciosa salsa de mantequilla, y es fácil de preparar.

SALSA DE MANTEQUILLA
DE LAS BRINGUENARILLAS

Salsa de mantequilla de las bringuenarillas

Ingredientes

- Un poco de aceite de oliva
- 125 ml de vino blanco seco
- 60 ml de nata para montar
- 2 cucharadas de mantequilla
- El zumo de un limón
- 1 cucharadita de ajo muy picado
- 1 cucharada de eneldo picado
- Sal y pimienta blanca
- 75 g de chalota muy picada

Preparación

1. En un cazo pequeño, calienta a fuego bajo una gotita de aceite de oliva y rehoga el ajo y la chalota hasta que todo esté tierno.
2. Añade el vino blanco, sube el fuego y deja hacer 4 minutos o hasta que se reduzca a un tercio.
3. Aparta del fuego y añade la mantequilla, mezcla bien y luego agrega la nata.
4. Vuelve a poner al fuego hasta que burbujee, sin parar de remover.
5. Cuela, desecha la chalota y añade el zumo y el eneldo. Sirve con pescado o pasta.

Postres

AMAZONIA
(Anónimo, *Los viajes de Juan de Mandeville*, 1357)

Amazonia está habitada exclusivamente por mujeres, y tienen una cocina muy propia de ellas. Cuando las amazonas llegan a la edad adulta, se amputan un pecho para manejar mejor el arco y las flechas. Durante la celebración del acontecimiento se servían pezones dulces de amazona, que se acompañaban con té con leche.

PEZONES DULCES
DE AMAZONA

Pezones dulces de amazona

Ingredientes

- 350 g de chocolate negro, picado
- 450 g de castañas enteras en conserva
- 100 g de mantequilla a temperatura ambiente
- 100 g de azúcar
- Un pellizco de sal
- 4 buenas cucharadas de coñac
- 1 cucharadita de extracto de vainilla
- 350 g de chocolate blanco, troceado
- Unas gotas de jugo de remolacha

Preparación

1. Pon el chocolate negro en el microondas hasta que se derrita. Deja enfriar un poco.
2. Tritura las castañas en el robot de cocina hasta obtener un puré.
3. Bate el azúcar y la mantequilla para obtener una mezcla esponjosa y aireada. Incorpora el puré de castañas y la sal, la vainilla y el coñac. Añade el chocolate frío y mezcla. Tapa el cuenco con *film* de cocina y refrigera una hora.
4. Cubre una bandeja de horno con papel y, con una cuchara, saca porciones de la mezcla de chocolate y forma bolas. Ponlas sobre el papel e introduce en el congelador.
5. Calienta en el microondas la mitad del chocolate hasta que esté casi derretido. Deja que se enfríe y se espese un poco. Saca del congelador las bolas de chocolate y decóralas con hilos del chocolate blanco fundido. Deja enfriar para que se endurezca.

6. Derrite en el microondas el resto del chocolate blanco y añádele unas gotas de zumo de remolacha. Deja enfriar unos 10 minutos y métalo en una manga pastelera, corta la punta y decora cada trufa con un pezón rosa.

VALLES DE ANDUIN
(J. R. R. Tolkien, *El hobbit,* 1937)

Los habitantes de los valles de Anduin son los beórnidas, y no reciben bien a los forasteros. Son vegetarianos y la especialidad de su gastronomía son unos pastelitos deliciosos que preparan con la miel que recogen en los robledales de Carrok.

GALLETAS BEÓRNIDAS
DE MIEL

GALLETAS BEÓRNIDAS DE MIEL

Ingredientes

- 300 g de harina
- 325 g de azúcar moreno
- 3 huevos
- 1 cucharadita de levadura química en polvo
- 175 g de miel, a ser posible de Carrok, templada
- ½ cucharadita de canela
- ¼ de cucharadita de clavo molido
- ¼ de cucharadita de jengibre en polvo
- ½ cucharadita de sal
- 50 g de almendras blanqueadas

Preparación

1. Mezcla la harina con el azúcar, la levadura, la canela, el clavo, el jengibre y la sal. Añade 2 huevos batidos y la miel, y bate con la batidora hasta que se forme una masa. Envuelve con *film* de cocina y refrigera dos horas.
2. Precalienta el horno a 180 °C.
3. Espolvorea harina en la encimera y estira la masa hasta que tenga 1 cm de grosor. Corta con un cortapastas redondo de 3 cm. Pon las galletas en una bandeja engrasada, dejando un espacio de 5 cm entre ellas.
4. Bate el último huevo, pinta las galletas y decóralas con la mitad de las almendras.
5. Hornea a altura media 8-10 minutos.

Ciudad del Sol
(Tomás Campanella, *La Ciudad del Sol*, 1602)

La Ciudad del Sol está gobernada por un sacerdote llamado el Sol o el Metafísico, a quien ayudan tres ministros que se ocupan de los diferentes aspectos de la sociedad. Los habitantes no soportan el negro, así que toda su comida es multicolor, como un arcoíris.

TORTA ARCOÍRIS
DEL SOL

Torta arcoíris del Sol

Ingredientes*

Para el bizcocho:
- 125 g de mantequilla a temperatura ambiente, blanda
- 225 g de harina
- 150 g de azúcar
- 3 huevos medianos
- 1 cucharadita de levadura química
- Un pellizco de sal

- 1 cucharadita de extracto de vainilla
- Colorantes alimentarios

Para el glaseado y el relleno:
- 1 cucharadita de extracto de vainilla
- 750 g de mascarpone
- 350 g de azúcar glas

Preparación

1. Calienta el horno a 180 °C.
2. Engrasa dos moldes redondos de paredes verticales, de 20 cm de diámetro, y pon un círculo de papel de horno en la base.
3. Mezcla en un cuenco grande todos los ingredientes del bizcocho menos los colorantes y bate con las varillas hasta obtener una mezcla homogénea.
4. Transfiere exactamente la mitad de la mezcla a otro cuenco, elige dos colores y tiñe cada mitad con uno. Ve gota a gota, hasta que te guste el color. Vierte cada mezcla en un molde y alisa bien la superficie. Hornea a la misma altura del horno durante 15-20 minutos, o hasta que al insertar un palillo en el centro salga limpio.

* Nota: los ingredientes son para dos tortas, y harán falta seis en total, así que necesitarás el triple de todo.

5. Desmolda con cuidado y deja enfriar sobre una rejilla. Lava los moldes y los cuencos bien y repite el proceso, pero con dos colores diferentes. Repite de nuevo la operación hasta tener seis bizcochos, cada uno de un color (y puedes repetirlo una vez más con la mitad de los ingredientes para hacer un bizcocho rosa, pero es opcional).

6. Para el relleno y el glaseado, bate la vainilla y el mascarpone con las varillas eléctricas.

7. Pon un poco de relleno en el centro de la bandeja. Coloca encima el bizcocho rojo y cúbrelo con relleno de manera que llegue al borde. Pon encima el naranja y repite la operación. Sigue con el amarillo, el verde, el azul y el púrpura, y el rosa si lo utilizas. Cubre la superficie y los laterales con el resto del glaseado.

CALORMEN
(C. S. Lewis, *Crónicas de Narnia,* 1954-56)

Carlormen es un vasto imperio al sur de Narnia, con un largo historial de invasiones y conquistas a sus vecinos. Sus habitantes son *gourmets* entusiastas, y sus comidas, ricas y elaboradas. Un menú típico de Calormen consiste en langosta con ensalada, agachadiza rellena de almendras y trufas, higadillos de pollo guisados con arroz y pasas, y budín de moras.

BUDÍN DE MORAS

BUDÍN DE MORAS

Ingredientes

- 300 g de moras
- 150 g de azúcar
- 2 cucharadas de licor de flor de saúco
- 125 g de nata montada

Preparación

1. Limpia bien las moras y ponlas al fuego con el azúcar unos 15 minutos. Añade el licor y mezcla bien. Refrigera.
2. Añade azúcar si es necesario y sirve con la nata montada.

La Comarca
(J. R. R. Tolkien, *El hobbit*, 1937)

La Comarca es una tierra fértil y hermosa que se extiende en el noroeste de la Tierra Media. Sus habitantes, los hobbits, viven en aldeas y suelen ser granjeros y comerciantes. Les gustan mucho las fiestas, sobre todo los cumpleaños, para los que preparan una torta asombrosa conocida más allá de sus fronteras.

TORTA DE CUMPLEAÑOS
HOBBIT

TORTA DE CUMPLEAÑOS HOBBIT

Ingredientes

Para el bizcocho:
- 300 g de harina
- 3 cucharaditas de levadura en polvo
- 2 cucharaditas de canela molida
- Una cucharadita escasa de sal
- 325 g de zanahoria
- 125 g de pacanas troceadas
- 75 g de coco rallado
- 125 g de arándanos secos
- 400 g de azúcar
- 250 ml de aceite
- 4 huevos

Para el glaseado y el relleno:
- 250 g de queso crema a temperatura ambiente
- 120 g de mantequilla a temperatura ambiente
- 500 g de azúcar glas
- 1 cucharada de zumo de limón
- Frutos secos tostados muy picados para espolvorear

Preparación

1. Prepara el bizcocho: pon dos rejillas en el horno, a un tercio y dos tercios de altura, y precalienta a 180 °C.
2. Engrasa y enharina tres moldes de bizcocho y sacude para quitar el exceso de harina.
3. Tamiza juntos la harina, la canela, la levadura y la sal, y reserva.
4. En otro cuenco, combina las zanahorias, las pacanas, el coco y los arándanos.
5. Instala el accesorio de pala en la amasadora y bate bien el azúcar con el aceite, o bien hazlo a mano con unas varillas.

6. Añade los huevos uno a uno y sigue batiendo hasta obtener una pasta muy fluida.

7. Incorpora la mezcla de harina con cuidado, lo justo para que no queden ingredientes secos. También con cuidado, incorpora la mezcla de zanahoria.

8. Divide entre los moldes e introduce en el horno. Deja hacer los bizcochos 40-50 minutos, girándolos y cambiándolos de rejilla transcurrida la mitad del tiempo para que se hagan por igual.

9. Transfiere los moldes a una rejilla para enfriar.

10. Mientras, prepara el relleno y el glaseado: bate el queso y la mantequilla hasta que estén cremosos y añade poco a poco el azúcar, sin dejar de batir. Tiene que quedar una pasta muy cremosa. Incorpora el zumo de limón.

11. Pon un bizcocho en una bandeja y, con la paleta, extiende bien el glaseado por encima hasta que llegue a los bordes. Coloca otro, este invertido, y repite la operación. Pon el último y cubre con el glaseado la parte superior y los laterales de la torta.

12. Antes de que se seque, espolvorea con los frutos secos picados, y refrigera 15 minutos. Decora con figuritas de hobbits y velas de cumpleaños.

ISLA DE LOS BENDITOS
(Luciano de Samosata, *Relatos verdaderos,* siglo II)

En la Isla de los Benditos todo es etéreo, y los habitantes, seres incorpóreos que visten ropas de telaraña púrpura, solo consumen vino, leche y pastelitos de miel y canela, además de unas frutas que maduran trece veces al año. Sus «hongos benditos» son famosos en todo el mundo.

HONGOS BENDITOS

Hongos benditos

Ingredientes

- 150 g de harina (y algo más si hace falta)
- 1,5 cucharaditas de levadura química
- 50 g de azúcar
- 1 cucharada de canela
- 125 ml de leche

- 4 cucharadas de miel
- 75 g de mantequilla
- Mermelada de tu sabor favorito
- 1 cucharada de zumo de limón
- 25 g de azúcar glas

Preparación

1. Precalienta el horno a 180 °C.
2. Mezcla en un cuenco la harina, la levadura, la canela y el azúcar.
3. Calienta la leche en un cazo de fondo grueso y añade la miel. La leche no debe hervir en ningún momento. Añade la mantequilla y espera a que se derrita.
4. Vierte la mezcla de leche sobre la harina y mezcla.
5. Prepara un molde para magdalenas, rellena y pon media cucharada de mermelada en el centro de cada pastelito.
6. Hornea 15 minutos. En este tiempo, la mermelada se hundirá hacia el centro.
7. Prepara una glasa con el zumo de limón y el azúcar glas, pinta las bolitas por encima y hornea 2 minutos más.

BROCÉLIANDE
(Lord Alfred Tennyson, *Los idilios del rey,* 1842-45)

Los habitantes de Brocéliande son el pueblo élfico más orgu-
lloso y elegante de la Bretaña. La etiqueta de la corte es muy
estricta, y aquellos a quienes se permite asistir a las celebraciones en la corte tienen que conocer y respetar los rituales. Muchos banquetes importantes acaban con el Corte de la Torta
Rosa, que se recibe con aplausos y batir de alas.

TORTA ROSA ÉLFICA

Torta rosa élfica

Ingredientes

- 250 g de mantequilla a temperatura ambiente, blanda
- 200 g de harina
- 1,5 cucharaditas de levadura química
- ½ cucharadita de sal
- 125 ml de leche
- 4 cucharadas de sirope de arce
- 200 g de azúcar moreno, y una cucharada (reserva hasta el final)

- 3 huevos
- 75 g de azúcar glas
- 100 g de fresas (pasadas por la licuadora, solo el zumo)
- 90 g de nata líquida para cocinar
- 125 g de pacanas o nueces troceadas

Preparación

1. Precalienta el horno a 180 °C. Engrasa un molde redondo y espolvorea con harina.
2. Tamiza la harina con la levadura y la sal.
3. Mezcla en un cuenco aparte la leche y 2 cucharadas de sirope.
4. Bate bien en un cuenco grande la mantequilla con el azúcar hasta que la mezcla esté ligera. Añade los huevos uno a uno, incorporando bien.
5. Agrega a esta mezcla la de harina y la de leche, alternado y poco a poco. Empieza y termina con la de harina, y mezcla siempre lo justo para incorporar los ingredientes.

6. Transfiere al molde y hornea hasta que se dore, 35-40 minutos.

7. Deja enfriar diez minutos, separa de las paredes con un cuchillo, vuelca sobre una rejilla y da la vuelta al bizcocho.

8. Bate el azúcar glas, la nata, el zumo de las fresas y 1 cucharada de sirope de arce. Pinta el bizcocho con la glasa, dejando que gotee por los lados.

9. Pon a fuego medio alto un cacito con las nueces, 1 cucharada de sirope y el azúcar reservado. Remueve bien hasta que el azúcar se disuelva y carameliza un par de minutos los frutos secos, antes de ponerlos sobre la torta.

CASEOSA
(Luciano de Samosata, *Relatos verdaderos,* siglo II)

Caseosa es una isla en medio del Atlántico rodeada de aguas lechosas, con lo que tiene el aspecto y la consistencia del queso fresco. Los viñedos dan unas uvas de las que no se obtiene vino, sino leche. La isla está deshabitada, pero los turistas que la visitan recogen queso de las orillas y con él hornean tortas exquisitas.

CHEESECAKE DE LECHE

Cheesecake de leche

Ingredientes

Para la base:
- 100 g de mantequilla a temperatura ambiente
- 2 yemas de huevo
- 1 cucharada de café instantáneo
- 100 g de azúcar moreno
- 200 g de harina

Para el relleno:
- 3 huevos
- 750 g de queso de Caseosa (vale cualquier queso blanco)

- 200 g de azúcar
- 1 cucharadita de extracto de vainilla
- 2 cucharadas de harina

Para cubrir:
- 225 g de *sour cream* o bien 175 de nata para montar mezclada con 50 g de zumo de limón
- 1 cucharadita de extracto de vainilla
- 125 g de azúcar glas

Preparación

1. Precalienta el horno a 190 °C.
2. Engrasa un molde redondo desmontable.
3. Mezcla con los dedos la mantequilla, las yemas, el café, el azúcar y la harina de la base.
4. Presiona la mezcla en el fondo del molde.
5. Aparte, bate los huevos con el queso, el azúcar, la vainilla y la harina para hacer el relleno, y vierte sobre la base.
6. Hornea 30 minutos o hasta que el relleno se asiente. Saca y deja enfriar media hora.
7. Si utilizas nata con limón en lugar de *sour cream,* mezcla bien la nata con el limón y refrigera media hora.

8. En un cuenco pequeño, bate la *sour cream* o la nata espesada con el azúcar y la vainilla, y extiende sobre la torta.
9. Deja enfriar por completo en la nevera.

El Dorado
(Voltaire, *Cándido,* 1759)

El Dorado es un reino situado en Sudamérica donde, una vez al año, cubren de oro al rey y lo bañan en oro en polvo. Los habitantes creen que el oro solo tiene valor estético y es inferior a la comida y a la bebida. La fruta que crece en El Dorado es maravillosa, sabrosa y de vivos colores. En los mercados europeos no vamos a encontrarla, de modo que es aceptable preparar esta ensalada con la fruta exótica de temporada que tengamos a mano.

ENSALADA DE FRUTAS
DE EL DORADO

Ensalada de frutas de El Dorado

Ingredientes

- Fruta variada, como kiwis, guayabas, fresas, frambuesas, arándanos, plátanos, etc.
- 2 limas
- Hojitas de cilantro

Preparación

1. Pela la fruta y córtala en dados. Mezcla bien.
2. Exprime las 2 limas y riega la fruta con el zumo.
3. Echa por encima las hojitas de cilantro picadas.
4. Refrigera bien antes de servir.

Planilandia
(Edwin A. Abbott, *Planilandia,* 1884)

Planilandia es un país bidimensional en el que todos los objetos, animados o inanimados, aparecen como líneas planas. Las casas son pentágonos y no tienen ventanas. El eslogan de Planilandia es «¡Atención a tu configuración!». La comida es plana, pero resulta muy sabrosa si se añaden con buen criterio ingredientes de otros países. Los planetas, semejantes a las *crêpes* francesas, son uno de los postres habituales de la cocina planilandesa.

PLANETES

Planetes

Ingredientes

- 125 g de harina
- 2 huevos
- 125 ml de leche
- 125 ml de agua

- Un buen pellizco de sal
- 2 cucharadas de mantequilla fundida

Preparación

1. Bate los huevos en un cuenco grande e incorpora la harina. Añade poco a poco la leche y el agua, y luego la sal y la mantequilla. Bate bien.
2. Calienta a fuego medio una sartén o una plancha ligeramente engrasada. Vierte la pasta de los planetes (3-4 cucharadas cada vez) e inclina la sartén en movimientos circulares para que se cubra todo el fondo.
3. Deja hacer 1-2 minutos o hasta que el planete se dore un poco. Separa con la espátula, dale la vuelta y deja hacer unos segundos más. Sirve caliente con fruta, sirope o mermelada.

EL MAR DE LAS PALABRAS CONGELADAS
(François Rabelais, *Cuarto libro de Pantagruel,* 1552)

En los límites del mar del Norte se encuentra el mar de las Palabras Congeladas, donde todos los sonidos enmudecen. Los viajeros pueden pescar de las aguas las palabras congeladas y utilizarlas para lo que deseen. Estas palabras parecen frutas confitadas o yogur helado de colores diversos. Los habitantes prefieren las más oscuras.

NOCHE HELADA

NOCHE HELADA

Ingredientes

- 2 plátanos grandes, congelados y en trozos
- 2 cucharadas de cacao amargo
- 175 g de yogur griego natural (no desnatado)
- 2 cucharaditas de sirope de arce

Preparación

1. Pon en el vaso de la batidora los plátanos troceados y añade el cacao amargo, el yogur y el sirope.
2. Tritura hasta obtener un puré homogéneo. De cuando en cuando, baja con una espátula lo que se quede pegado a las paredes del vaso.

El País de las Maravillas
(Lewis Carroll, *Alicia en el País de las Maravillas,*
1865)

El País de las Maravillas es un reino que se extiende bajo la ciudad de Oxford, en Inglaterra. Tiene habitantes de muchas especies y la gobernante es la Reina de Corazones. El ejército lo componen el resto de los naipes de la baraja. En cierta ocasión se celebró un famoso juicio para dirimir quién había robado las tartaletas de mermelada de Su Majestad.

TARTALETAS
DE CORAZONES

Tartaletas de corazones

Ingredientes

- 100 g de mantequilla
- 200 g de harina
- 150 g de mermelada de fresa (más o menos)

Preparación

1. Precalienta el horno a 200 °C.
2. En un cuenco y con las yemas de los dedos, trabaja deprisa la harina y la mantequilla hasta obtener una mezcla granulosa. Incorpora unas cucharadas de agua helada para formar una masa y estírala con el rodillo sobre la encimera enharinada. Corta unos 20 círculos con un cortapastas.
3. Pon cada círculo en las bases de un molde para magdalenas, para formar las bases de las tartaletas. Añade una cucharadita de mermelada a cada una.
4. Vuelve a estirar la masa y corta corazoncitos, y ponlos sobre la mermelada.
5. Hornea 20-30 minutos.

GLÚPOV
(Mijaíl Saltykov-Shchedrín, *Historia de una ciudad,*
1869)

Se trata de una ciudad construida sobre siete colinas, como
Roma, a la orilla de tres ríos. Sus habitantes no destacan por
su inteligencia. Al igual que los de Babel, intentaron cons-
truir una torre que llegara al cielo, pero fracasaron debido a la
falta de arquitectos. Tienen una gastronomía sencilla pero deliciosa, como esta extraordinaria torta, Torre de Glúpov.

TORRE DE GLÚPOV

Torre de Glúpov

Ingredientes

Para el bizcocho:
- 200 g de mantequilla sin sal, fundida y tibia
- 240 g de harina
- 1 cucharadita de levadura
- ¼ de cucharadita de sal
- 250 g de azúcar
- 2 huevos grandes
- 160 ml de leche tibia
- 2 cucharaditas de extracto de vainilla

Para cubrir:
- 100 g de mantequilla en trocitos
- 75 g de almendras fileteadas
- 100 g de azúcar
- 2 cucharadas de harina
- 2 cucharadas de leche

Preparación

1. Prepara el bizcocho: precalienta el horno a 180 °C. Engrasa un molde redondo desmontable de 22 cm y espolvorea con harina. Ponlo sobre una bandeja de horno cubierta con papel.
2. Tamiza en un cuenco la harina, la levadura y la sal.
3. Bate con el accesorio de varillas el azúcar con los huevos hasta que la mezcla esté aireada y empiece a espesar, unos 3 minutos. A velocidad media, añade poco a poco la mantequilla derretida y luego la leche y la vainilla. Tiene que quedar una mezcla homogénea. Baja la velocidad y añade poco a poco la harina con la levadura y la sal. Al final, termina de mezclar con la espátula, y vierte en el molde.

4. Introduce el bizcocho en el horno y programa el temporizador 30 minutos.

5. Pasado este tiempo, deja el bizcocho en el horno y empieza a preparar la cobertura: pon en un cazo mediano todos los ingredientes y cocina a fuego medio-alto, sin dejar de remover, hasta que veas alguna burbuja en los bordes. Baja un poco el fuego y sigue removiendo 3 minutos más. La mezcla se espesará un poco. Aparta del fuego.

6. Saca el bizcocho del horno sin apagarlo y vierte la cobertura por encima.

7. Vuelve a introducir en el horno y deja hacer 15 minutos más (en total tienen que ser unos 50) o hasta que la cobertura burbujee y se dore bien, y al pinchar el bizcocho con un palillo este salga limpio.

8. Saca la bandeja del horno y deja enfriar 5 minutos. Pasa con cuidado un cuchillo entre el bizcocho y el molde, apartándolo un poquito hacia el centro. Quita la pared del molde y deja enfriar del todo. Con una espátula grande, saca el bizcocho de la base y ponlo en una bandeja.

HAV
(Jan Morris, *Last Letters from Hav*, 1985)

Hav es una ciudad-Estado peninsular en Oriente Próximo a la que se suele llegar en tren desde Rusia. Su castillo tiene gran fama, al igual que las frambuesas de invierno que crecen allí, que brotan durante la noche y mueren a mediodía.

BUDÍN
DE FRAMBUESAS
DE HAV

Budín de frambuesas de Hav

Ingredientes

- 500 g de frambuesas (normales si las de invierno no están de temporada)
- 100 g de azúcar moreno
- 300 ml de nata para montar
- Unas cuantas frambuesas enteras para decorar

Preparación

1. Pon las frambuesas en un cazo con el azúcar y calienta a fuego bajo hasta que suelten los jugos.
2. Deja hacer 15 minutos. Cuando se enfríe un poco, pasa por un tamiz para quitar las semillas y deja enfriar por completo.
3. Monta la nata e incorpora con cuidado el puré de frambuesas.
4. Vierte en vasos y enfría bien, y decora con las frambuesas enteras.

GONDOR
(J. R. R Tolkien, *El señor de los anillos,* 1937-1977)

Gondor es el reino más importante de la Tierra Media, aunque tras la Guerra del Anillo perdió buena parte de su antiguo esplendor. Su símbolo es el Árbol Blanco o Nimloth, un árbol muy hermoso procedente de la tierra perdida de Númenor. El árbol tiene flores blancas que huelen a rosas.

**CHEESECAKE
DEL ÁRBOL BLANCO**

Cheesecake del Árbol Blanco

Ingredientes

- 300 g de queso blanco de Númenor (se puede sustituir por ricota)
- 4 huevos
- 75 g de azúcar glas
- 250 ml de leche
- 1 cucharada de harina
- 1 cucharadita de extracto de vainilla
- 3 cucharadas de sirope de flor del Árbol Blanco (o bien sirope de agua de rosas)

Preparación

1. Precalienta el horno a 220 °C.
2. Separa las yemas de las claras.
3. Pon las yemas en un cuenco y bate bien con el queso.
4. Añade el azúcar, la leche y la harina, y bate de nuevo.
5. Incorpora la vainilla y el sirope.
6. Aparte, monta a punto de nieve las claras de huevo e incorpora con cuidado a la mezcla de queso.
7. Engrasa con mantequilla un molde para suflé y llena con la mezcla.
8. Hornea 30-35 minutos.

El Reino de los Muñecos
(Alexandre Dumas, *Historia de un cascanueces*, 1845)

El Reino de los Muñecos está hecho de golosinas: caramelos, almendrados, almendras garrapiñadas... El río que lo recorre es de chantillí, y la princesa muñeca sirve estas galletas con el té en su Palacio de Mazapán.

GALLETAS
DEL CASCANUECES

GALLETAS DEL CASCANUECES

Ingredientes

- 225 g de mantequilla a temperatura ambiente
- 150 g de azúcar blanco
- 150 g de azúcar moreno
- 2 huevos grandes
- 1 cucharadita de vainilla
- 250 g de mantequilla
- 1 cucharadita de levadura química
- 175 g de chips de chocolate negro
- 125 g de pistachos sin cáscara

Preparación

1. Bate con el accesorio de varillas la mantequilla con los dos tipos de azúcar hasta obtener una mezcla ligera.
2. Incorpora los huevos batidos, uno a uno, y luego la vainilla.
3. Aparte, tamiza juntas la harina y la levadura, y agrega a la mezcla con cuidado, sin remover demasiado.
4. Añade los chips de chocolate y los pistachos.
5. Pon papel de aluminio en dos bandejas de horno y deposita cucharadas de masa a unos 4 cm de distancia. Hornea en la mitad del horno, precalentado a 180 °C, durante 12-15 minutos.
6. Deja enfriar las galletas en las bandejas y luego transfiere a una rejilla. Salen unas 28.

Gran Ducado de Grimmburg
(Thomas Mann, *Alteza real,* 1909)

Este principado en el sur de Alemania tiene fama por sus trovadores y poetas. La base de la economía es la agricultura, aunque en el ducado hay también minas de sal y plata. La comida es contundente, sobre todo la torta tradicional, que se sirve en la mayoría de las celebraciones.

TORTA TRADICIONAL
DE GRIMMBURG

Torta tradicional de Grimmburg

Ingredientes

- 275 g de chocolate negro (125 por un lado y 150 por otro)
- 1 cucharada de extracto de vainilla
- 150 g de mantequilla a temperatura ambiente
- 100 g de azúcar glas
- 6 huevos
- 300 g de azúcar (100 por un lado y 200 por otro)
- 150 g de harina
- 200 g de mermelada de albaricoque
- Nata montada, para servir

Preparación

1. Precalienta el horno a 170 °C. Forra con papel la base de un molde desmontable, engrasa las paredes y espolvorea con harina.
2. Derrite 125 g de chocolate al baño maría y deja enfriar un poco.
3. Bate la mantequilla con la vainilla y el azúcar glas.
4. Separa los huevos e incorpora las yemas a la mantequilla una a una, y luego añade poco a poco el chocolate.
5. Bate a punto de nieve las claras con el azúcar glas y vierte sobre la mezcla de mantequilla y chocolate. Tamiza la harina e incorpora con cuidado.
6. Transfiere al molde, alisa la superficie y hornea 10-15 minutos, pero con la puerta del horno entreabierta. Transcurrido este tiempo, cierra la puerta del todo y deja hacer unos 50 minutos.

7. Saca del horno, quita las paredes del molde e invierte con cuidado sobre una rejilla forrada con papel. Deja enfriar unos 20 minutos y quita el papel, invierte el bizcocho y deja enfriar por completo en la rejilla.

8. Corta el bizcocho en dos, unta por dentro con la mermelada tibia y vuelve a montarlo. Pinta también los lados del bizcocho.

9. Prepara el glaseado: pon 200 g de azúcar en un cazo con 125 ml de agua y hierve a fuego vivo unos 5 minutos. Aparta el sirope del fuego y deja enfriar un poco.

10. Trocea el resto del chocolate y añádelo poco a poco al sirope hasta obtener un líquido espeso. Vierte sobre el bizcocho y extiéndelo deprisa con una espátula.

11. Deja enfriar unas horas y sirve con nata montada.

Reino de Xuja
(Edgar Rice Burroughs, *Tarzán el indómito,* 1919)

Xuja es una ciudad amurallada de África, habitada por una tribu de dementes adoradores de los loros. Tienen leones en cautividad y los alimentan con carne de ciervo y jabalí, pero ellos son vegetarianos. Debido al gran número de loros que hay en la ciudad, abundan las semillas de todo tipo, y los ciudadanos –cuando están *compos mentis*– preparan con ellos un bizcocho delicioso que sirven con el té.

BIZCOCHO ESPECIADO DE XUJA

Bizcocho especiado de Xuja

Ingredientes

- 4 huevos grandes batidos
- 225 g de mantequilla a temperatura ambiente
- 200 g de azúcar moreno
- 3 cucharadas de alcaravea (las semillas enteras)
- ½ cucharadita de macis molido
- ½ cucharadita de nuez moscada rallada
- 250 g de harina
- 2 cucharaditas de levadura química
- 3 cucharadas de coñac
- 3 cucharadas de leche
- 4 cucharadas de sirope de arce o azúcar rubio

Preparación

1. Precalienta el horno a 180 °C.
2. Engrasa dos moldes redondos medianos, forra el fondo con papel de horno y luego engrásalo.
3. Bate los huevos en un cuenco mediano.
4. Con el accesorio de varillas, bate bien la mantequilla con el azúcar hasta que la mezcla esté ligera.
5. Incorpora los huevos poco a poco y, cuando estén, la alcaravea, el macis y la nuez moscada. Agrega poco a poco la harina y por último el coñac.
6. Añade leche, la justa para que la mezcla se aligere un poco y tenga una consistencia espesa, pero fluida.
7. Reparte entre los moldes y alisa con una espátula o con el dorso de una cuchara. Espolvorea con el azúcar de arce, que le dará una costra crujiente.

8. Hornea en la parte central del horno 35-40 minutos. Deja enfriar 10 minutos más antes de volcar sobre una rejilla hasta que los bizcochos se enfríen por completo.

Lixus
(Plinio el Viejo, *Inventorum Natura,* siglo I a. C.)

En Lixus, junto a las costas de África, se encuentra un famosísimo huerto de árboles que dan frutas doradas. Hay insectos metálicos que revolotean entre las flores para recoger el néctar. Las frutas doradas se asemejan a naranjas, y con ellas se puede preparar un suflé ligero y delicioso.

SUFLÉ DE FRUTA DORADA

Suflé de fruta dorada

Ingredientes

Para el molde:
- 1 cucharadita de mantequilla
- 1 cucharada de azúcar blanco

Para el suflé:
- 3 cucharadas de harina
- 175 ml de leche
- 50 g de azúcar + 3 cucharadas

- 1 cucharadita de ralladura de naranja
- 60 ml de zumo de naranja
- 5 claras de huevo a temperatura ambiente
- ¼ de cucharadita de cremor tártaro
- Un pellizco de sal
- 1 cucharadita de azúcar glas

Preparación

1. Precalienta el horno a 200 °C.
2. Engrasa un molde de suflé con un poquito de mantequilla y espolvorea con una cucharada de azúcar. Reserva.
3. Pon la harina en un cazo junto con la mantequilla, y remueve bien hasta que se derrita y la harina se empiece a dorar. Añade poco a poco la leche sin dejar de remover, y luego 50 g de azúcar y la ralladura. Remueve constantemente hasta que hierva y se espese, e incorpora el zumo. Reserva.
4. Bate las claras con el cremor y la sal hasta que se formen picos blandos. Añade dos cucharadas de azúcar, poco a poco, y sigue batiendo hasta que se formen picos duros. Incorpora con cuidado un cuarto de la mezcla de claras a

la de naranja, y luego añade el resto de la mezcla de huevo. Vierte en el molde de suflé.

5. Hornea 40 minutos o hasta que suba y se cuaje. Espolvorea con más azúcar glas y sirve de inmediato.

REINO DE LOS TROLS
(Henrik Ibsen, *Peer Gynt,* 1867)

Se trata de un reino en el centro de Noruega habitado por
trols de todo tipo. En el Reino de los Trols, todo parece a la
vez blanco y negro, feo y hermoso. Subsisten gracias a la agricultura: los bueyes dan hidromiel, y las vacas dan flanes y bu-
dines de leche.

FLAN TROL DE LECHE

FLAN TROL DE LECHE

Ingredientes

- 500 ml de leche entera
- 50 ml de nata para montar
- 3 cucharadas de azúcar
- 2 cucharaditas de gelatina en polvo (sin sabor)
- ½ cucharadita de vainilla

Preparación

1. Mezcla en una cazuela la leche, la nata, el azúcar y la vainilla, y espolvorea la gelatina por encima. Bate con las varillas hasta que se disuelva casi por completo.
2. Calienta a fuego bajo sin que llegue a hervir en ningún momento. Sigue batiendo con las varillas para disolver el azúcar y la gelatina, 1-2 minutos.
3. Una vez se hayan disuelto, aparta del fuego y vierte en cuencos individuales.
4. Refrigera 4-6 horas para que se ponga firme, y decora con frutas de bosque trol.

Mundo del Espejo
(Lewis Carroll, *A través del espejo,* 1871)

El extraño mundo que se extiende bajo la ciudad inglesa de Oxford está dispuesto como un tablero de ajedrez. En el Mundo del Espejo viven seres muy diversos: las flores hablan, igual que las ranas, los leones y los unicornios. Las moscas dragoneras tienen cuerpo de budín de ciruelas pasas, alas de hoja de acebo y cabeza de pasas remojadas en coñac.

BUDÍN DE CIRUELAS
PASAS DEL ESPEJO

BUDÍN DE CIRUELAS PASAS DEL ESPEJO

Ingredientes

- 350 g de pasas de todo tipo
- 100 g de ciruelas pasas sin hueso y picadas
- 100 g de azúcar moreno
- 4 cucharadas de ron añejo
- 100 ml de cerveza negra
- 100 g de nueces picadas
- 100 g de almendras blanqueadas
- 100 g de almendra molida
- 100 g de pan rallado
- 50 g de harina

- 100 g de mantequilla congelada, rallada
- ½ cucharadita de nuez moscada rallada
- 1 cucharadita de canela molida
- 2 cucharaditas de especias para torta de calabaza (canela, clavo, jengibre y pimienta de Jamaica)
- 100 g de cerezas confitadas, picadas
- 3 huevos, batidos

Preparación

1. Mezcla las pasas con las ciruelas, el azúcar, el ron y la cerveza. Tapa y deja a remojo 24 horas.
2. Pon en un cuenco grande las nueces, las almendras, la almendra molida, el pan rallado, la mantequilla, las especias, las cerezas y los huevos, y añade la remojada con su líquido. Mezcla bien.
3. Tapa con *film* de cocina y deja reposar en un lugar fresco 24 horas.
4. Engrasa con mantequilla un recipiente para budín inglés. Pon un círculo de papel de horno en el fondo y engrásalo también. Rellena con la mezcla, presionando a menudo.

Cubre con otro círculo de papel de horno, luego con dos hojas cruzadas de papel de aluminio, y ata bien con un cordel todo alrededor del molde. El objetivo es que no entre agua mientras se hace.

5. Pon un plato boca abajo en una cazuela grande llena de agua hasta una cuarta parte de su altura. Dobla en cuatro a lo largo una hoja de papel de aluminio para hacer una tira de buena longitud y pon en el centro el molde del budín. Sube los extremos hacia los lados del molde y deposítalo en la cazuela, sobre el plato. El agua tiene que llegar a un tercio de la altura del molde, sin riesgo de que entre dentro. Deja que sobresalgan los extremos de la tira para sacarlo luego.

6. Calienta el agua y, cuando hierva, baja el fuego para que no burbujee apenas. Deja hacer 5-6 horas, añadiendo agua cuando haga falta para que no se agote.

7. Una vez hecho el budín, saca de la cazuela y deja enfriar. Se conserva hasta dos años en un lugar fresco y seco. Para servir, recalienta también al vapor, como se ha cocinado, durante dos horas, o bien quita el papel de aluminio y calienta en el microondas.

Bebidas

Castillo del conde Drácula
(Bram Stoker, *Drácula,* 1897)

El castillo de Drácula está construido sobre un alto precipicio y las visitas son escasas. Los pocos que son invitados tienen serias dificultades para irse. El conde Drácula es muy hospitalario y sirve comidas fastuosas, de las cuales él mismo no participa. En su cocina son comunes el pimentón, el ají rojo y los chiles, pero el ajo nunca se usa. Antes de la cena, el conde les ofrece a sus invitados una bebida refrescante hecha con sangre fresca. Si ese ingrediente no está disponible, puede reemplazarse por jugo de remolacha.

CÓCTEL
DE SANGRE FRESCA

Cóctel de sangre fresca

Ingredientes

- 50 ml de vodka
- 50 ml de zumo de remolacha
- 50 ml de zumo de tomate
- 50 ml de zumo de piña
- 1 cucharada de zumo de limón
- Rodajas de rabanito, para servir

Preparación

1. Mezcla todos los ingredientes, vierte en el vaso con hielo y adorna con las rodajas de rabanito.

Reino de los gugs
(H. P. Lovecraft, «La búsqueda en sueños de la ignota Kadath», 1943)

Los habitantes de Gug son una raza repugnante de seres peludos cuyos únicos enemigos son los gules y los lívidos. Los lívidos son incapaces de distinguir entre los gugs, de los que se alimentan, y los gules. Los gugs se suben a las lápidas de las tumbas para vigilar a los forasteros con sus malévolos ojos verdes. Algunos viajeros han sobrevivido gracias al sustento de un brebaje verde, el gug gug, hecho de enredaderas y raíces.

GUG GUG

Gug gug

Ingredientes

- A falta de vegetación gug, se pueden usar en su lugar ingredientes verdes, como espinacas tiernas, apio, pimiento verde y manzana también verde
- Unas hojitas de menta
- 60 ml de Grand Marnier

Preparación

1. Lava y trocea las verduras y la manzana, y añade la menta.
2. Procesa en la licuadora. Si la mezcla queda muy espesa, añade un poco de agua.
3. Agrega el Grand Marnier y remueve.
4. Sirve en un vaso con hielo y dos aceitunas verdes para no olvidar que los ojos de un gug te espían.

Heliópolis
(Wolfgang Amadeus Mozart y Emanuel Schikaneder,
La flauta mágica, 1791)

La ciudad egipcia de Heliópolis tiene fama por los tres templos que allí se encuentran, uno dedicado a la sabiduría, otro a la razón y otro a la naturaleza. El gobernante es un déspota intelectual que sigue las leyes masónicas. Heliópolis es patriarcal, mientras que el país vecino, el Reino de la Noche, es matriarcal. En Heliópolis, la bebida habitual es un néctar dorado en honor del sol.

NÉCTAR DEL SOL

NÉCTAR DEL SOL

Ingredientes

- 4 melocotones maduros
- 1 l de vino blanco seco o champán muy frío

- Ramitas de menta fresca

Preparación

1. Pela los melocotones, pártelos en dos y quita el hueso. Reserva unas rodajitas y tritura el resto hasta obtener un puré, y refrigera 30 minutos como mínimo.
2. Pon 60 ml (como medio vasito) de puré frío de melocotón en una copa de champán. Vierte por encima vino blanco o champán muy frío con cuidado para que no se derrame. Remueve.
3. Adorna el néctar del sol con una rodaja de melocotón y una ramita de menta.

Locus Solus
(Raymond Roussel, *Locus Solus,* 1914)

Locus Solus es una gran villa cerca de París que alberga una serie de inventos fantásticos creados en sus distintos laboratorios, como un escarabajo artificial hecho de dientes humanos y una máquina que resucita cadáveres. También se produce aquí, mediante un proceso de oxigenación, la famosa y revigorizante Aqua-Mica, que se conserva dentro de un enorme diamante en la zona más soleada de los jardines de Locus Solus.

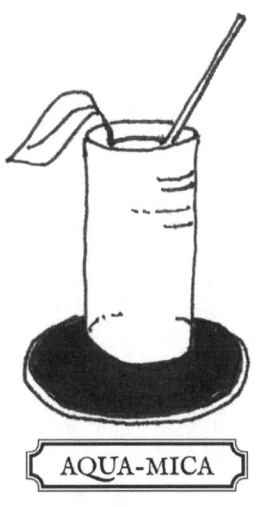

AQUA-MICA

Aqua-Mica

Ingredientes

- 250 ml de refresco de lima limón
- 60 ml de vodka
- 60 ml de zumo de lima
- 2 cucharadas de zumo de arándano rojo
- Hojas de menta

Preparación

1. Pon todos los ingredientes en una coctelera.
2. Añade hielo triturado.
3. Agita bien.
4. Sirve con una hojita de menta.

Archipiélago de al-Wak
(Anónimo, *Las mil y una noches,* siglos XIV-XVI)

El archipiélago de al-Wak consiste en siete islas habitadas por mujeres espectrales, gobernado por una princesa mágica. En una montaña de al-Wak hay un árbol con cabezas humanas que gritan al amanecer «¡wak, wak!», que significa «¡Alabado sea el Creador!». Es un lugar inhóspito, pero los marineros que hasta allí se aventuran alaban mucho una bebida local.

BEBIDA VIRGINAL

Bebida virginal

Ingredientes

- Hielo machacado
- Agua con gas
- 2 cucharadas de zumo de kiwi
- 2 cucharadas de zumo de lima
- Un chorrito de licor de menta
- 60 ml de vodka

Preparación

1. Llena los vasos con hielo machacado.
2. Añade zumo de lima y luego el vodka y el agua con gas.
3. Termina de llenar con más hielo machacado, el zumo de kiwi y el licor de menta.
4. No remuevas: verás en la bebida una mágica transición del verde del fondo al rosa, el púrpura y el azul en la parte de arriba.

Índice de recetas por referencias literarias